PARADIGM NOVELS 100
恋ごころ
koi-gokoro
RAM 原作
島津出水 著

登場人物

リョハン

小さな村で修行をしている導師。村にたびたび出没する夜盗に対抗するため、道場を開き弟子を募ることになった。

ルゥ　リョハンの屋敷の前で倒れていた小さな女の子。おどおどしたしぐさを見せる。

シアン　いつでもどこでも眠ってしまう癖を持つ。花を愛でる優しい心の持ち主。

リリカ　強さを求めてリョハンに弟子入りした。いつもパンダと行動を共にしている。

メイファ　村の住人。リョハンを気に入っており、なにかと世話をやいてくれる。

フェイユン　人間離れした容姿をしている。何の目的で弟子入りしたのかは不明。

第3章 メイファ

第4章 リリカ

目次

静かに舞い落ちる細雪《ささめゆき》の中――彼女は街道をさまよっていた。

「はぁ……はぁ……」

寒さに色を失った唇から漏れる息遣いは、荒く、か細い。

何日も歩き続けている疲労からか、その足取りも明らかに重かった。

それでも、彼女は歩き続けた。

歩き続けながら――我知らず、呟《つぶや》いた。

「……ど、どこに行けば……」

――ただ、孤独だった。

帰る場所はなく、待ち人もない。

歩き続けてはいても、彼女に行くあてなど、全くなかった。

だから――名も知らぬ村のはずれにたどり着いたのも、ただの偶然でしかなかった。

いつしか、雪は降り止んでいた。

それでも、身を切り裂くような寒さが和らぐわけではない。

彼女は両腕で我が身を抱きしめながら、周囲を見渡した。

まだ夕刻ではあったが、厚い雲が陽光をさえぎっており、辺りは闇夜《やみよ》同然の暗さである。

ふと、屋敷らしき建物の姿を、視界に捉《とら》える。建物は塀で囲まれており、古めかしい門扉は固く閉ざされていた。

彼女は屋敷まで力無く歩み寄ると、門の脇《わき》に座り込み、塀にもたれかかった。ここで、夜を明かそうというのだ。

冬の冷気が、彼女の身体を芯《しん》まで冷やす。

しかし、心が冷やされることはない。

——既に、極限まで冷え切っているのだ。

死ぬことができれば、どれほど楽になれるのだろう——渇いた心に、同じ仮定が何度も去来する。

だが、死ぬ勇気まではない。ただ、知らぬ土地をさまよい続け、最後に野垂れ死ぬことが、彼女に残された最後の望みなのかもしれない。

寒さにこらえかねたようにうずくまり、涙の涸《か》れ果てた瞳《ひとみ》で地面を凝視しながら、彼女はかすれた声で無意識に呟く。

「……お、とぅ……さん……」

やがて彼女はこの場所で、束《つか》の間《ま》の眠りに落ちた。

自分が運命に導かれ、ついにこの地へたどり着いたことも知らずに——。

第1章　入門

「……というワケで、お前ら死ね」

「ふっ、ふざけんなーっ！」

一方的な宣告に、地面に這《は》いつくばっている4、5人の男たちの怒声が上がった。

「いきなり、有無も言わさず人をぶっ飛ばしといて、『死ね』だと!?」

「テメェの方が死ね！」

男たちの罵声《ばせい》を浴びて、リョハンは吐き捨てるように言葉を返した。

「うるせぇ！　野盗風情が、一端なクチきいてんじゃねぇよ！」

「野盗風情とはなんだ……グエッ！」

さらに悪態をつこうとした野盗の顔を、力任せに踏みつけるリョハン。野盗たちは、彼一人にボコボコにされてしまったのだ。

「よくも、村の鶏を3羽も盗みやがって……」

リョハンの、武道家のようなたくましい身体が、怒りのオーラに包まれている。

「楽してメシ食おうって、その根性が気にくわねぇ！　汗水垂らして仕事してみやがれ！こっちはお前らのおかげで、メシ抜きで走り回ったんだぞ！」

その台詞にプライドを刺激されたか、野盗の中で最年長の男は反論してしまった——うかつにも。

「盗賊の苦労も分からねぇ若造が、知った風な口を利くな！　盗みが俺たちの仕事なんだよ！」

「……じゃあ、オレの仕事を教えてやろう」

わずかに押し黙ったリョハンは、怒りを鎮め、むしろ哀《あわ》れみの表情すら浮かべて、自らの懐に手を突っ込んだ。

彼が懐から取り出したのは——複雑な記号や文字が書かれている、お札。

それを見て、野盗たちの間に動揺が走った。

「はうあっ！　そ、それは〝呪符《じゅふ》〟……！」

「貴様、ただの武道家かと思ったら……〝導士〟だったのか⁉」

彼らの姿を眺めつつ、リョハンは言い放つ。

「オレの仕事は……お前らみたいな野盗どもが二度と変な気を起こさないよう、徹底的に懲らしめることだ！」

「ヒッ……ヒエェェェェェッ‼」

その後、野盗たちは地獄を見た——。


——一方、リョハンも決して、天国にたどり着いたわけではなかった。

野盗たちに盗まれた鶏を、取り返すことができなかったからである。

彼は沈痛な表情を浮かべ、悔しそうに呟《つぶや》いた。

「ちくしょう、アイツら……鶏をとっとと焼き鳥にして、食っちまいやがって……」

周囲に鶏の羽が散乱していることに気付いたのは、野盗たちをとことん叩《たた》きのめした後のことだったのだ。

そのためか、村へ戻る足取りは重い。独り言のトーンも、自然と沈んだものになる。

「報告しなきゃいけないけど……いくらなんでも、食われたなんて言えねえしなぁ……」

「何を食われたんですか？」

「だから、鶏を……うわっ⁉」

——突然の問いに、リョハンは思わず飛び上がって驚いてしまった。

見ると、そこはいつの間にか村の中。考え事をしている間に、帰ってきていたらしい。

そして、至近には見慣れた女性が立っている。スレンダーな身体つきで丸眼鏡《まるめがね》がよく似合う、妖艶《ようえん》な女性だった。

「どうなさったんです、そんなに緊張して？」

「メ、メイファ……さん……」

「変ですよ？　普段、〝さん〟づけなんてしない方が……」

メイファと呼ばれた女性は、不思議そうに小首をかしげながら、リョハンを見つめた。

見つめられたリョハンは、明らかにうろたえる。何しろ、野盗たちの胃袋に収まった鶏たちは、眼前の女性が飼っていた鶏だったのだ。

「いや、その……盗られた鶏のことなんだが……」

「ああ、取り戻していただけ……」

一瞬喜びかけたメイファだが、リョハンの表情を見て、真相を察したようである。

「……なかったようですね」

「すまない……」

申し訳なさそうに、頭を下げるリョハン。そんな彼に、メイファはたおやかな笑みを浮かべながら応《こた》えた。

「いいんです、気にしないでください。リョハンさんに届ける食料が、１週間分減るだけですから」

「…………」

語調とは裏腹な容赦のない言葉に、リョハンは沈黙する。

(こーいう時のメイファって、反論も許してくれないからな……)

彼のため息を軽く聞き流し、メイファはさりげなく話題を変えた。

「ところで、看板屋さんから看板が届きましたので、ウチで預かってますよ」

「お、早かったんだなぁ。もう出来たのか」

やや表情を明るくするリョハンに、彼女は再び小首をかしげる。

「でも、急に〝道場〟を開くなんて、どうしたんですか？」

「この頃、一人で村を守ることに限界を感じてきてね」と、リョハン。

「さっきみたいに盗人を追いかけている間に、他の悪人に村を襲われちゃ、一人じゃとても対処できないだろ？　だから、オレ以外にも村を守れる人間を増やしたいんだ」

「何もそこまで、この村に尽くされなくても……」

「イヤイヤ。ここは、行き倒れだった余所者《よそもの》のオレを世話してくれた村だ。その恩は返さないとな」

「世話といっても、したのは私だけですわ。村にはむしろ、まだアナタのことを疎んじている人の方が多いんですのよ？」

メイファは、軽くすねたような表情を作る。

「疎まれるのは、余所者の宿命だよ」

しかし、リョハンの返答は明快だった。

「それに、ここがメイファの村だってだけで、恩返しには充分な理由さ」

「まあ……」

彼の言葉が嬉《うれ》しかったのか、メイファは眼鏡の奥の瞳《ひとみ》を潤ませた。

そして、おもむろに自らの腕を、リョハンの腕に絡める。

「……ところで、立ち話も疲れましたわ。もう日も暮れたことですし、私の家に寄っていきませんか？」

「あー、そうだな。預かってもらってる看板をもらっていかないと……えっ？」

軽く受け答えようとしたリョハンの声色が、微妙に変化した。

メイファが、彼の腕に胸を押しつけてきたのだ。

「それだけですか、リョハンさん？」

（そ、そうか……メイファの家を訪ねて、それだけで終わるワケないんだ……！）

確信に近い予感に、リョハンの顔の筋肉が引きつった。

「……だ、だって、昨夜もしたばっかりだし……」

「私は一日中でも問題なしですよ」

言いながらメイファは、さらに胸を押しつける。その柔らかい感触が、リョハンの理性を狂わせる。

（ゆ、昨夜の疲れとか、野盗退治の疲れとか、全然抜けてないのに！）

本来なら、さっさと夕食を済ませて眠りたいところなのだが――。

「じゃあ、参りましょうか」

「は、はい……」

男の本能に勝てないリョハンは、そのまま引きずられるようにして、メイファの家へ向かうのだった。

——翌朝。

「それじゃあ、看板はもらってくな」

身なりを整えたリョハンは、看板を脇《わき》に抱えて扉を開けた。

「ん……どうぞ……」

寝台から、まだ夢見心地のメイファの声が返ってくる。

それ以上の言葉が続かないのを確認して、リョハンは彼女の家を後にした。

空を見上げると、網膜に突き刺さる朝日の陽光に、軽くひるんでしまう。

「くっ……今日も太陽が黄色い！　寝不足の目には、刺激が強すぎるっ」

同時に、メイファの移り香が鼻孔をくすぐった。身体に染みついた濃密な、それでいて決して不快ではない匂《にお》いが、彼女と愛し合った昨夜のことを思い起こさせる。

「2日連続とは……メイファもタフだなぁ」

この村に住み着いてから1年間——朝帰りは100回を超えているが、そのほとんどが、メイファからの誘い。スケベであることを自覚しているリョハンではあったが、それでも彼女には遠く及ばなかった。

「……いかんいかん。いつまでも肉欲に溺《おぼ》れてる場合じゃない」

リョハンは頭を振り、眠気を払いながら呟く。

「今日からは〝道場〟を運営していくんだ。もっとちゃんとしないと……」

自分に言い聞かせているうちに、彼は自宅に帰り着いた。

そこは、もともとメイファが所有していた、やや古びた屋敷であった。

庭を中心として、回廊に沿った形で造られた建物は、大きさの割に質素だった。それでも、部屋数が多いのは、弟子を住み込ませる道場としてうってつけである。

ただ――リョハンは、すぐに屋敷に入ろうとしなかった。

門の脇に、子供の姿を認めたのだ。

「……何だぁ？」

子供は汚いボロボロの服を身にまとい、横になってうずくまっていた。わずかに身体が動いているところを見ると、死んでいるわけではなく、眠っているだけのようだ。

「昨夜は寒かったのに、ここでずっと寝てたのか？」

リョハンは慌てて駆け寄ると、子供の身体を揺すりながら声を掛ける。

「おい、大丈夫か……しっかりしろ」

「ん……ぅ、ぁ……」

子供はすぐに意識を取り戻し、緩慢な動作で身体を起こした。

そして、リョハンを見ると、わずかに怯《おび》えた様子で一言。

「ぅ、ぁ……す、すみません……」

「いや、別に謝ることはないけど……こんな所でどうしたんだ？」

「……な、何でも……なぃです」

(何でもないってことはないだろう、こんな所でボロボロになって寝てる子供が)

いかにも怖々といった感じの口調に、リョハンは軽く肩をすくめ、屋敷の門を開ける。

「まぁ、こんな所じゃなんだし、中においで」

「わ、悪ぃですから……ぃぃです……」

「悪くないから、ほら」

「ぁ……」

そして、渋る子供を半ば強引に門をくぐらせ、ひとまず庭の石段に座らせると、台所から水と軽い食事を持ってきた。

「とりあえず、腹が減ってるんだろ？」

「ぅ、ぁ……」

戸惑う子供の代わりに、そのおなかが「クゥ～」と主張する。

「胃袋は正直だな。ホラ、食っとけ」

「で、でも……」

「子供が遠慮するモンじゃないぞ？」

「ぅ……はぃ……」

結局、子供は小さくうなずくと、オドオドした手つきで食事と水を受け取り、無言で食べ始めた。よほど空腹だったのか、それともわざとリョハンを意識しないようにか、子供はうつむいたまま食を進める。

ひとしきり食べ終わり、水を飲み干すと、子供はようやく満足のため息を漏らす。

「食い終わったか？」

「ぁ、ぅ……ぁりがとぅ……ござぃます……」

消え入りそうな声で礼を言う子供に、リョハンはおもむろに尋ねた。

「ところでキミ、どこから来たんだ？」

「…………」

「歳は？」

「…………」

「どこに行くんだ？」

「…………」

何を訊《き》いても、子供は無言のまま。その様子だけで、現在の身の上が大方予測できる。

「……ひょっとして、行く所がないのか？」

リョハンの予想通り——子供は弱々しく、コクリとうなずいた。

(となれば、オレの言うことはひとつだな。こんな小さな子を放っておけるわけもないし、こうして出逢ったのも何かの縁だろ)

自らの意思を確認するように呟くと、リョハンは子供に言った。

「……ここで暮らすか？」

「え……？」

「無理強《むりじ》いはしないが、キミさえよければ一緒に暮らさないか？」

その提案に、子供は再び戸惑う。

「で、でも……迷惑じゃ……なぃですか……？」

「迷惑なら、誘ったりしないよ」

苦笑するリョハン。その脳裏に——ふと、名案が浮かぶ。

「……あ、何なら〝導士〟を目指してみるか？」

「どぅ……し……？」

「ああ、世のため、人のためになる力を持つ、奇特かつ特異な人種だ」

「どぅすれば、導士になれるのですか……？」

「なに、オレについて修行をすればいいだけさ。ちょうど今日から、導士を育てるための道場を開こうとしてたところだし」

彼の言葉を聞くと、子供はそれまでの緊張を少しだけ解いたようだ。

「……せんせぃ、ですか？」

「まあ、そういうことだな。そして、キミが最初の弟子ってワケだ。もちろん、キミが入門する気になればだけどな」

リョハンは子供に微笑《ほほえ》みかけ、改めて尋ねる。

「まあ、入門するかどうかは、風呂《ふろ》にでも入りながら考えればいいさ……ところで、そろそろ名前を教えてくれないか？」

すると、子供は石段から腰を上げ、初めてリョハンに顔を向ける。

「ルゥ……です」

その時、庭を吹き抜けた風が、目深にかぶっていた帽子を飛ばした。

「えっ？」

リョハンはその瞬間、言葉を失う。

子供——ルゥが帽子を脱ぐまで、彼は大きな勘違いをしていたのだ。

「キ、キミ……女の子だったのか！」


「オレもどーして、すぐに気付かなかったかなぁ。声を聞けば、分かりそうなモンなのに」

ルゥに入浴を勧めた後、リョハンはボヤキを漏らしつつ、門の所で釘《くぎ》を打ちつけていた。

「でも、あの格好じゃ分かんねえよなぁ。子供の声の高さなんて、男も女も変わらないし……よし、こんなモンかな」

やがて作業を終えると、梯子《はしご》からおりて、門をジッと見据える。

そこには、メイファの家から持ってきた、出来たての看板が掲げられていた。

「ちゃんと、まっすぐだよな……」

〝鳳斗仙流《ほうとせんりゅう》〟――自らの流派の名が彫られた看板を、誇らしげに眺めるリョハン。ついに自分が道場を開く身になったかと思うと、感慨もひとしおである。

「ここは闘い方を教えてくれるの？」

ふと、背後から単刀直入な問いかけがあった。

驚いて振り返ると、少女が腕を組んでリョハンを見ていた。少し目つきがキツめで、髪をふたつに束ねた、いかにも勝ち気そうな娘である。

「…………」

リョハンは一瞬無言だった。

少女に見とれたからではない。彼女の背後に、何やら白と黒のツートンカラーの物体を見つけたからである。

どう考えても、それはパンダ以外の何物でもなかった。

（た、たれてはいないが……デカイなぁ。身の丈だけで、オレの倍くらいはないか？）

「違うの？」

少女は新品の看板を指差し、性急に尋ねてくる。

「え、あ、ああ、違ってはいないけど……」

我に返ったリョハンは、新しい道場の趣旨を説明しようとした。

「でも、ちょっと違う。ここは、導士を育てる所だ」

「導士？」

「そうだ。厳しい修行をして、強靭《きょうじん》な精神と……」

だが、少し得意げな彼の言葉は、出し抜けにさえぎられる。

「導士になれば、強くなれる？」

「え？　……まあ、そりゃ普通の人よりは。一通りの武術と、特殊な〝術〟の施行ができなきゃ、導士とは言えないからなぁ」

やや気後れ気味に答えるリョハンに、少女は彼の目をまっすぐ見つめ、宣言した。

「じゃあ、入門する」

「……ずいぶんアッサリ答えを出したなぁ。言っとくが、修行は厳しいぞ？」

「厳しくない修行なんて、意味がないでしょ」

「そ、そりゃそーだな、ウン」

（なんか、年下の女の子に、思いっきり圧倒されてるなぁ）

リョハンはつい、自分の情けなさに苦笑してしまう。

もちろん、少女の入門志願についての返答は、決まっている。決め手は、強い意志のこもった、彼女の瞳の輝きだった。

（いい目だ。オレが修行を始めた頃も、こんな風だっただろうか……）

「オーケー、入門を許可しよう。今からキミは、オレの二人目の弟子だ」

リョハンが言うと、少女は右手を胸にあて、どこかホッとしたように息を吐いた。

「よかった……よろしく、先生」

初めて彼女が見せる可愛《かわい》らしい仕草に、リョハンはつい微笑みを漏らす。

その表情が、次の瞬間にこわばる。

「……ちょ、ちょっと待て！」

「なに？」

とっさに声を上げるリョハンに、少女は眉《まゆ》をピクンと跳ね上げてみせる。

彼女の背後では――パンダが、のそりと動き始めていた。

「キ、キミの後ろについてきてる、そのモノトーンな物体は何だ？」

リョハンが恐る恐る指摘すると、パンダは低いうなり声を上げ、敵意をあらわにした。

「………」

対照的に、少女は黙ってリョハンを見据えていた。その視線にプレッシャーを感じつつ、リョハンは言葉を続ける。

「一応、修行の場ということで、ペットとかは持ち込んでほしくないんだが……」

「……非常食」

「えっ?」

思いもよらぬ単語に、リョハンとパンダは同時に硬直する。単なる言い訳であることは分かっていても、この少女が言うとウソに聞こえない。

「……非常食……」

少女は繰り返した。明らかなウソを、強引に通すつもりのようだ。

怒っているのか怖がっているのか、パンダは全身を小刻みに震わせている。その様子にリョハンは、〝非常食〟の持ち込みをやむなく許可した。

「そ、それならできるだけ、目の届く範囲に〝常備〟しててくれ、えーと……名前は?」

「ファンファン」

「いや、〝非常食〟じゃなくて、キミの名前だ」

「……リリカ」

「じゃあリリカ、とりあえずお茶でも飲みながら、これからのことを話そうか」

言いながら、台所へ向かおうとするリョハン。

その脇を——パンダのファンファンは小走りに通り過ぎていった。

「お……おい、どこ行くんだ!?」

驚くリョハンの耳に、リリカの淡々とした声が届く。

「台所。弟子が先生に、お茶淹《い》れてもらうワケにはいかないでしょ」

「いや、そんなことに気を遣わなくても……って、〝アレ〟が茶を淹れるのかぁ!?」

「じゃあ、誰がお茶を淹れるの？　先生も私もここにいるのに」

「…………」

何と言い返せばいいのか、リョハンが必死に考え始めた、その時。

ゴガンッ！

突然、庭じゅうに衝突音が鳴り響いた。

「な、なんだ!?」

仰天して振り向くリョハン。

音源は、ファンファンがいるであろう台所ではなく、門をたった今閉めたばかりの玄関であった。

「何かが、ぶつかってきたようね……」

「……キミは先に台所へ行っててくれ」

リリカに言い渡すと、彼は身構えながら門扉に近付く。

「誰か、そこにいるのか？」

——返事はない。それどころか、気配すら感じられない。

リョハンは慎重に、扉を開けてみた。

だが、扉はわずかに開いたところで「ゴッ……」と音を立て、それ以上動かなくなる。

「ん？　何かに引っかかってるのか？」

首をひねりながら、繰り返し扉を押し開こうとするリョハン。しかし、扉は同じ地点で引っかかり、「ゴッ、ゴッ、ゴッ」と繰り返し音を響かせるのみ。

これではキリがないと悟った彼は、力任せに扉を押すことにした。

「……よいっしょぉぉぉぉっ！」

すると、扉はゆっくりと開きながら、「ズズズズズ……」と、何かを引きずるような異様な音を立てた。

リョハンは身体が通る程度の隙間《すきま》ができたところで、上半身だけを滑らすように外に出してみる。

「どうなってんだ……？」

そこで、彼が発見したのは——門のすぐそばに倒れている、一人の女性の姿だった。

肌が褐色がかっていることから、この国の人間ではないように思われる。

頭部を見ると、たんこぶがいくつもできていた。

「これ……は、オレが扉をぶつけて作ったんだろうな、どう見ても」

若干の気まずさを感じつつ、リョハンは扉の外に出て、女性を抱き起こす。

とたんに、彼の表情が険しくなった。

女性の体温が、かなり低くなっていたのだ。

(……ひょっとして、病気か何かで行き倒れか⁉)

「おい、しっかりしろ！　聞こえたら返事をしろ！」

リョハンは、女性の頬《ほお》を軽く叩きながら呼びかける。

すると、女性はわずかに身じろぎした。

「ン……」

「気がついたか？」

死んでいなかったことで、少し安心するリョハン。

しかし――女性の返事が返ってこない。

「…………」

「……キミ？」

怪訝《けげん》そうに尋ねるリョハンの目の前で、彼女の唇が一瞬、震えるように動いた。

そして――。

「……ｚｚｚｚ……」

「寝とんのかい！」

リョハンはつい、女性の頭を支えていた手を、反射的に離してしまう。頭はすぐ下の石畳に落下し、鈍い音を周囲に響かせた。

そのショックで、女性の目がパチリと開く。

「おっ、やっと気付いたか」

「うぅ……あ、頭が不自然に痛いです」

うめきにも似た彼女の第一声に、リョハンは何となく気まずそうに答えた。

「き、きっと、石畳の上なんかで寝ていたからだろう」

「あっ、この不自然な数のたんこぶは……？」

「たぶん寝相が悪かったんだよ」

「あの……どうして私の目を見て言わないんですか？」

「気のせいだろ」

「うぅ〜……頭の形、変わってないかしら」

頭をさすりながら、女性はゆっくりとしたモーションで立ち上がる。

リョハンは、ひとまず大事に至らなかったことを確認して、彼女に尋ねた。

「ところで、キミの行き先はどこだい？　近くだったら、送っていくが……」

対して女性は、おっとりした容貌《ようぼう》からは信じがたい言葉を返してきた。

「目的地はここです」

「……道場だぞ、ここは。それを知ってて、やって来たのか？」

「はい」

彼女は柔和な笑顔を浮かべ、姿勢を正してまっすぐリョハンを見た。

先ほどのリリカにも劣らない、真剣な眼差《まなざ》し。

その瞳が――不意に、まぶたで覆い隠された。

「ｚｚｚｚｚ……」

「……おい（ゲシッ）」

「ぐひゅっ⁉」

リョハンのチョップを喉元《のどもと》に食らい、女性は身体を震わせて目を覚ます。

「起きたか？」

「あ、えっと……はい、すいません」

立ったまま居眠りをしてのけた彼女は、再び姿勢を正してリョハンを見た。ただし、寝起きなので目の焦点は少しズレている。

「私、シアンと言います。ここで修行すれば導士になれると聞いたので、やって来ました」

「確かに、ここは導士を目指して修行をする場だが……修行は厳しいぞ」

リョハンは言外に、「ホントに大丈夫か？」と確認する。

シアンと名乗る女性の答えは、威勢のいいものだった。

「充分承知しています！　死ぬ気で……いえ、吐いた血で溺れようとも頑張《がんば》りますから、入門させてください！　お願いします！」

「いや、そこまで頑張らなくても……」

オーバーな表現に苦笑してしまうリョハン。

もちろん、ペコペコと何度も頭を下げるシアンの態度を見ていれば、特に断る理由もない。彼はシアンの肩に手を置き、弟子入りを認めた。

「でも、それだけの熱意があれば、きっといい導士になれるだろうな」

返ってきたのは――健やかな寝息。

「ｚｚｚｚ……」

「肝がすわってるじゃねえか……起きろ、コラ！」

リンゴも砕くリョハンの握力が、シアンの肩を容赦なく襲う。

「いたたたたっ！　痛い、痛いですよ！」

「痛くしてるんだから、当然だ」

「すいませ～ん、どうしても眠気が～」

「修行中に寝てたら、容赦なく叩き起こすぞ」

仏頂面で門をくぐる際に、彼はふと尋ねてみた。

「それにしても、どうして導士になりたいんだ？」

シアン、答えていわく、

「眠気に負けないくらいの強靭な精神が欲しいですから」

「………」

(動機が純粋なんだか不純なんだか、ビミョーなとこだなぁ)

リョハンは首をひねりながら、彼女をリリカとファンファンの待つ台所へ案内する。

「すまないな、リリカ。ちょっと遅くなっ……」

しかし――台所に入ったところで、思わず動きを止める。

「別に構わないけど……」

相変わらずすまし顔のリリカは、テーブルに着いてお茶をすすっていた。

「それより、座れば？　お茶なら、すぐに出てくるから」

横に視線を走らせると、パンダのファンファンが盆に湯呑《ゆの》みを乗せて、テーブルに運んできた。しかも、さも当たり前といった様子で二足歩行をしているのだ。

(うわぁ……ホントにパンダが、お茶を淹れてらぁ)

呆気《あっけ》にとられているうちに、ファンファンに湯呑みを渡される。

「あ、ああ、ありがとう……」

その非現実的すぎる状況に、かえって驚く気力の失せてしまうリョハンであった。

（ま、まあ、犬みたいにそこら中を駆け回られるよりは、危なくないだろう、ウン）

「……とりあえず、キミたちは今日からここで、導士を目指して寝食を共にすることになる」

彼が気を取り直して言うと、リリカもシアンも軽い驚きの表情を浮かべる。

「そのコも入門希望なの……」

「わあ……他にも女の子のお弟子さんがいるんですかぁ」

「長く付き合う者同士だ。互いに、自己紹介でもしたらどうだ？」

リョハンの言葉に応じ、リリカは席を立ち上がり、シアンはペコリと頭を下げた。

「リリカよ。よろしく」

「シアンと言います。仲良くやっていきましょうね」

「〝フェイユン〟アル」

——一瞬、台所の中の時間が止まった。

全く聞き覚えのない声を、3人と1頭の聴覚が捉《とら》えたからである。

次の瞬間、彼らは一斉に後ずさる。

いつの間にか、〝妙なモノ〟がリリカの席の隣に座っていたのだ。

「き、貴様は何だ⁉」

身構えながら、鋭く問うリョハン。

返ってきたのは、いかにも脳天気な声。

「ところで、フェイユンもお茶が欲しいアル」

「……だから、貴様は何なんだぁ！」

「何なんだもナニも、フェイユンはフェイユンアルね」

「フェイユン……そんな妖怪《ようかい》、いたっけか？」

「名前アル！　失礼なことを言うやつアルね！」

「そ、そうか。じゃあ……その、何てゆーか……」

リョハンは口ごもりながら、目の前の〝フェイユン〟をジッと見据える。

不自然な肌色をした身体。

平面に描かれたような、大きな目と赤い口。

奇妙な質感を見せながら曲がっている、関節。

そして、あからさまに作り物のような笑顔。

――それらを短時間で観察した後、彼は素朴な疑問を発した。

「えーと……お前、人類か？」

その問いに、フェイユンは腕を上げたり足を広げたりして自分の身体を見たあと、力強く答える。

「どこをどう見ても、フェイユンは人類アルね！」

（とゆーより、等身大の革製人形にしか見えんが……人類って、幅が広いんだなぁ）

妙なことで感心すると、リョハンはさらに尋ねた。

「で、フェイユンよ……一体、ここで何をしているんだ？」

すると、フェイユンの口からは、さらに驚くべき発言が飛び出した。

「よろしくアル」

「何が〝よろしく〟なんだ？」

「フェイユン、頑張るアル！　人のために、良い導士になるアル！」

「……お、お前も弟子希望なのか⁉」

我知らず、軽くのけぞるリョハン。

確かに、入門志願者を簡単に断るわけにもいかない。

それに、誰にも気配を気取られることなく、屋敷に忍び込んでリリカの隣に座るなどという芸当は、おいそれとできることではない。

（で、でも……正直言って、すげー断りたい……）

彼は助けを求めるように、リリカとシアンに視線を送る。

しかし、リリカは軽く肩をすくめてみせるのみ。「好きにすれば？」ということなのだろう。一方、シアンといえば——立ったまま、気持ちよさそうに眠っていた。

（やっぱり、決定権はオレにあるのか……トホホ）

「頑張るアル！　燃えるアル！　尽くすアル～！」

妙に盛り上がるフェイユン。どうやら、熱意だけは本物らしい。渋々ながら、リョハンは入門を許可した。

「仕方ない……その代わり、修行についてこれなければ、放り出すからな」

「やったアル～、これでフェイユンも導士アル～」

笑顔で――つまり、表情ひとつ変えぬまま、異様な動きで小躍りするフェイユンの姿に、リョハンはそっとため息をついた。

（それにしても……パンダを連れ歩く女に、気がつけばすぐ寝る女に、自称人類……マトモな弟子が、ひとりもいないんじゃないか？）

そこはかとない不安を覚えた、その時。

「あら……先生の娘さん？」

ふと、リリカが妙なことを言い出した。

「娘ぇ？　オレは独身だぞ……ああ、なるほど」

彼女の視線を追ったリョハンは、即座に納得の表情を浮かべた。

ようやく風呂から上がってきたルゥが、台所にやってきたのだ。身体の汚れを落とし、リョハンが用意した女性用の胴着を身につけた姿は、先ほどまでの薄汚れた格好が嘘《うそ》のような可愛らしさである。

(そーだよ、マトモなのっていったら、このコがいたじゃないか!)

妙な安堵感《あんどかん》を抱きながら、ルゥを見つめるリョハン。リリカとフェイユンも、突然現れた少女に視線を送る。

「ぅ……ぁ……」

するとルゥは、首をすくめて後ずさった。いきなりみんなに注目されたことに、怯えているのだろうか。

「おー、ちっちゃくて可愛いアルー」と、フェイユン。

「でも、あまり先生に似てないアルよ」

「この子はオレの娘じゃない。似てなくて、当然だ」

誤解を解こうとするリョハン。しかし、フェイユンはさらなる誤解を受けたようだ。

「まさか先生……ロリコンの気があるアルか?」

「なんで、そーなる!?」

「アイヤーッ! 自分の獣欲を満たすために子供を監禁するなんて、極悪アル! 非道アル! 鬼畜アル! ロクデナシアルー!!」

「ちょっと待て! 誰が監禁なんかするか!」

リョハンが慌てて否定しようとすると、フェイユンの大声で目を覚ましたシアンが、口元のよだれを拭《ぬぐ》いながら一言。

「……ふえ？　先生、ロリコンなんですか？」

「違うっちゅーに！」

「……本当にそうなら、私たちの貞操は安全ね」

「リ、リリカまで、そーゆーコトを言うか⁉」

３人の新弟子に決めつけられ、リョハンはあっという間に追いつめられる。

その時――ルゥが、消え入りそうな声で言った。

「ぁ、ぁの……私、入門します……」

「……えっ？」

突然のことに、一同は再び彼女を注視した。

集中する視線に一瞬怯《ひる》みそうになるルゥだったが、どうにか気を取り直して続ける。

「わ、私も……修行して、導士になります……」

精一杯の宣言に、リョハンはフッと表情を和らげた。

（そうか、決心したか……）

「じゃあ、先生はロリコンじゃないアルか？」

「お前はどーしても、オレをロリコンにしたいのか？」

彼は不思議そうなフェイユンをにらみつけた後、改めて紹介する。

「名前はルゥだ。キミたち同様、この道場の第1期生になる」

「ぁ……」

言葉にあわせて、ルゥは戸惑いながらも頭を下げる。

他の3人も、それぞれの表現で自己紹介をした。

「リリカよ。よろしく」

「フェイユンアル。一緒に、導士を目指すアルよ」

「zzz……」

「……だから、立ったまま寝るなっちゅーに（ゲシッ）」

「ぶぺっ！」


――こうして、リョハンと4人の弟子たちとの、修行生活が始まった。

第2章　シアン

導士と呼ばれるようになるには、歴史や医術、薬学を修めた上で、武術と〝符術〟の両方を操ることができるよう、長年にわたって修行を積まなければならない。

だが、武術や符術を習得したからといって、導士になれるわけではない。

人々のために身を粉にして動き、その手段として知識や技術を駆使する者のみが、導士と呼ばれるのだ。

（……そのための心構えを、どのように説けばいいのだろうか？）

最初の数日間――大掃除や日用品の買い出しなどに追われ、具体的な修行は行われなかった――リョハンの頭を悩ませたのは、この一事であった。

これから彼が教える技術や知識は、使い方によって恐ろしい凶器になるものばかりである。それだけに、弟子たちには最初に、修行の意義を教えておきたいところだ。

そのための知恵を絞っている彼の目の前では――リリカとフェイユン、シアンの3人が、庭の周りをランニングしていた。

これは、基礎体力をつけるために、入門した翌日から毎朝、弟子に課した日課である。

ただし、ルゥは負傷中ということで、本来は持ち回りの食事当番を、ここ数日間続けて引き受けてもらっている。

実は最初、ルゥはみんなと一緒にランニングしようとしていたのだが、走り方がおかしいのを見とがめたリョハンが確認すると、足の裏が血塗《ちまみ》れになっていたのだ。

『一体、どうしたんだ⁉』

『……ぉそらく、マメがつぶれたのだと……』

『マメって……どうして、こんなになるまで放っておいたんだ？』

『だ、大丈夫です……痛ぃのは慣れてぃます……』

『そういう問題じゃなくて、どうやったらこんなにマメができるんだ？』

『……たくさん、歩きましたから……』

『たくさんって……』

——ルゥの身の上に深い事情があるのは間違いないが、リョハンはそれ以上の追及をしなかった。幼い少女に、つらいことを話させるのを躊躇《ちゅうちょ》したのかもしれない。

ともあれ今は、ルゥを除いた3人が、それぞれのペースで庭を走っている。リリカはかなりのハイペースで、フェイユンは歩いているのと変わらないスローペースで、そしてシアンは器用なことに、うたた寝をしながらのランニングである。

「いいかー。この間も言ったけど、マイペースでいいから、呼吸のリズムを一定に保って走れよー」

庭石に座ったまま、弟子たちに呼びかけるリョハン。3人の反応は、様々であった。

「これが私のマイペースよ」と答えると、さらにスピードを上げるリリカ。

何度もうなずきながら、同じペースで走り続けるシアン。ただ、よく見ると、鼻ちょうちんを作っている。やはり、ウツラウツラと首を揺らしただけのようだ。

そして、最もスローペースなはずのフェイユンは——。

「だう〜っ……」

相変わらず作り物のような笑顔のまま、悲鳴を上げていた。

「おかしーアル〜。ラクするつもりで、こんなにゆっくりなペースで走ってるのに、果てしなくしんどいアル〜」

あきれてリョハンは、肩をすくめる。

(当然だ。歩く速度で走るってのは、オーバーアクションなんだよ)

それにしても、弱音を吐いているはずのフェイユンなのに、汗ひとつかいていない。終始不変な笑顔といい、どこまでも人間離れしている存在であった。

「……どうした、フェイユン？　もう疲れてきたか？」

「ぜ、全然平気アル！　へっちゃらアル！」

「そうか、じゃあリズムをしっかり保つんだぞ」

「ううっ、了解アル……」

リョハンの檄《げき》に、つらそうな返事をするフェイユン。

「まあ、強がる元気があるんだから、まだ大丈夫だろう」

そう呟《つぶや》いた後、リョハンは心の中で付け加えた。

（……お前が、普通の人類ならな）

「おはようございます」

不意に、聞き覚えのある声が庭に響く。

カゴ一杯の野菜や果物などを持って、メイファが訪れたのだ。

「やあ、メイファ。朝からご苦労様だね」

笑顔で出迎えるリョハンに、メイファは、

「お仕事ですから」

と、微笑《ほほえ》みを返しながらカゴを渡した。

「それに、夜遅くは野盗とかが出てきて、危ないですから」

「……そう考えれば、朝早い方が安全か。ホントにこの村、野盗によく襲われるからなぁ」

そんな連中に対抗するために、この道場を開いたんだ――リョハンは、自分の行為の意義を再確認する。

「それにしても、リョハンさんも大変ですね」と、話題を変えるメイファ。

「いきなりお弟子さんが３人もできると、戸惑うことも多いんじゃないですか？」

「いや、食事当番の子が今はここにいないから、実際には４人なんだ」

リョハンが訂正すると、彼女は丸眼鏡《まるめがね》の奥の目を、驚きで軽く見開いた。

「まあ……ひょっとして、みんな女の子ですか？」

「ひとり、人間かどうかも怪しいヤツを除いてね」

フェイユンを一瞥《いちべつ》するリョハンの返答に、メイファは含み笑いを漏らす。

「クスッ……ひとつ屋根の下で暮らすのに、周りが若い娘ばかりだと大変ですね」

「おいおい、一応師匠と弟子だぞ？」

「手を出せない立場というのは、余計に燃えるモノがありませんか？」

「オレにも理性はあるつもりなんだけどなぁ……」

心外そうな表情を浮かべるリョハン。自分の言葉に絶対の自信を持てないのが、ツライところだ。そんな内心を見透かしたのか、メイファは不意にリョハンに寄り添って、耳元でささやいた。

「もし、我慢できそうになかったら、私ならいつでも大歓迎ですよ」

「えっ……ムグッ」

カゴを持っているので、逃げられない。リョハンはあえなく、唇を奪われてしまった。

「……プハッ！　お、おい、弟子の前だぞ⁉」

彼は慌てて唇を離し、小声で抗議した。が、抗議は一言で封じられる。

「本当に嫌なら、避けられたと思いますよ？」

「…………」

「クス、それでは失礼しますね」

「きょ、今日もわざわざ、ありがとうな……」

帰ろうとするメイファに敗北感を覚えつつ、リョハンは食材を届けてくれた礼を言う。

ところが、メイファは門まで行った後で、もう一度引き返してきた。

「あの、言い忘れてたことが……」

「食材の代金かい？　それならいつも通り、後からキミの家に持っていくけど」

「それなんですけど……お代金の方はリョハンさんの身体で払っていただいても、構いませんよ」

端から聞けば、とても悩ましい台詞なのだが、リョハンにはひどく物騒な言葉に思えた。

「さ、参考までに訊《き》きたいんだが、何日くらい……？」

「三日三晩、休みなしです」

「……今度、お金を払いに行くよ」

「はい、お待ちしております」

今度こそ、本当に帰っていくメイファの後ろ姿を眺めながら、彼は呆然《ぼうぜん》と自問する。

（単なるジョークだと思うんだけど……目がマジだったような気もする……）

「先生、今の誰アルか？」

――気がつくと、フェイユンがいつの間にか、リョハンの顔をジッと覗《のぞ》き込んでいた。

「お、お前、勝手にランニングを中断するなっ」

「そんなことより、フェイユンの質問に答えるアル」

「オレがこの村で、最初に知り合った人だよ。この道場を紹介してくれたり、いろいろと世話になってな」

「先生の恋人アルか？」

「いきなり、発想が飛ぶなぁ……」

リョハンはあきれ顔で、フェイユンの憶測を否定する。

そんな彼の表情を一変させたのは、やはりランニングを中断したリリカだった。

「……その割には、際どい会話をしていたわね」

「ウッ……お前ら、聞いてたのか？」

気まずそうな顔をする師匠に、弟子たちが追い打ちをかける。

「聞く気はなかったアルが、ちょうど近くを走ったときに、そんな会話してたアル」

「キスしたのも見たわ」

「………」

反論の余地なし。

少なくとも、〝誤解〟を解く手段はなかった。

「リリカさん、気ィつけた方がいいアルよ。やっぱりこのヒト、恐ろしいやじゅーアル」

「平気よ、蹴《け》り潰《つぶ》せばきっと治まるわ」

不気味な宣言に、リョハンは思わずカゴで股間《こかん》を隠す。

「でも、少しは人目をはばかってもらいたいわね……」

リリカの冷ややかな言葉に、師匠は素直に謝ってしまった。

「す、すまん……」

――その頃、相変わらず爆睡中のシアンは、塀に行く手を阻まれ、何度も頭をぶつけながら足踏みしていた。


「今日からいよいよ、本格的に修行を始める。最初のウチは、午前中は講義、午後は実技をやるから、そのつもりでいるように」

教室――机を人数分並べた部屋に、リョハンは師匠としての第一声を響かせた。

ちなみに、主にルゥとシアンの方を向いて語ったのは、メイファとのキスを見られてしまったリリカやフェイユンと、目が合わせづらいからではない。少なくとも、本人はそう、固く信じている。

「講義では、みんなが導士になるために必要な知識を教えていくことになるが……」

彼は、そろいの胴着を着た弟子たちの顔を眺めながら、不意に提案した。

「その前に、みんなから質問を受け付けたい。何か、訊きたいことはあるか？」

質問を受けることで、弟子たちの考えていることを知るのが、目的であった。

すると、間髪入れずにリリカが手を挙げる。

「強くなるために必要なコト……っていうのはダメかしら？」

「いや、ダメじゃないぞ」

わずかにうなずくリョハン。

『導士になれば、強くなれる？』

——道場にやってきた日に、開口一番そう尋ねたリリカなら、当然そのようなことを訊いてくるだろう。ある意味で、予想通りの展開だった。

そこでリョハンは腕を組み、壁にもたれかかりながら言う。

「ただ、逆に尋ねたい……〝強い〟って、何だと思う？」

抽象的な問いに、リリカは訝《いぶか》りながらも即答した。

「……ヒトのそれより、優れていること……」

「なるほど。ちなみに、シアンやフェイユンやルゥは、どう考える？」

「負けないこと……でしょうか？」

「先生に勝つことアル」

「……むずかしぃ……です……」

バラバラの答え。これも、リョハンの予想通りである。もっとも、フェイユンの〝先生に勝つこと〟という回答は意味不明だったが。

「ものの見事に、〝強い〟という言葉の解釈がバラけたな。それを踏まえた上で、リリカは誰のが正解だと思う？」

　彼が言った途端、リリカはすかさず眉《まゆ》をひそめた。

「……私のじゃないの？」

「と、いうと？」

「だって、相手より優れていれば負けることはないし、先生より優れていれば、先生にも勝つことができるじゃない」

「じゃあ、今のリリカは弱いってことか？」

　リョハンの挑発に、彼女の目がスッと細くなった。かなりカチンときた証拠である。

「弱くなんかないわよ、私は強いわ」

（……リリカは、感情が意外に顔に出るなぁ。しかも、この強気なコト！）

　内心の苦笑は押し隠し、リョハンはできるだけすました顔を作って、さらに挑発する。

「でも、オレに負けるだろ？　つまりは弱いってコトだ、リリカ風に言うならな」

「私はまだ、先生に負けてないわよ。手合わせしたこともないんだから」

「闘う前に相手の技量を見抜くのも〝強さ〟だぞ？」

「………………」

瞬間、教室の中が騒然となった。

リリカが無言で立ち上がったのだ。その意味するところは、一目瞭然《いちもくりょうぜん》である。

「まだ、試したことがなかったわね……先生が本当に強いのかどうか」

彼女の不敵な一言で、リョハンを除く全員がギョッとする。

「ダ、ダメですよ、リリカさん！」

「この人、こう見えてもきっと強いアルよ！」

「……け、喧嘩《けんか》は……ダメです……」

兄弟弟子の制止も聞かず、鋭い目つきでリョハンを見据えるリリカ。

「試してみるか？」

「そうね……本当に貴方の元にいて、私のためになるのか見極める必要もあるしね」

そして、彼女は構えた。

一見、スキがないように見える。少なくとも、一朝一夕でできる構えではなかった。

(身体つきや、ランニングの身のこなしで予想はしていたが……やっぱり、武術の指南を受けた経験があるようだな)

リョハンは密《ひそ》かに感心し——そして、リリカの弱点を見つけた。

「ちなみにリリカ、負けたことはあるか？」

「もちろん、ある……」

彼の問いかけに、リリカは口の端だけで笑ってみせる。

「……でも、同じ相手に二度負けたことはないわ。武術の指南をしてくれた師範たちも含めてね」

「大したモンだな。じゃあ、死にかけたことは？」

「……そんな危険な目に遭うほど弱くないわ」

「弱くない……か。なるほどね」

「…………！」

途端に、リリカの視線はさらに険しくなった。

リョハンの苦笑が、嘲笑《ちょうしょう》に見えたのである。

「いいから、来てみろ。手加減はしてやるから」

「……後悔しても、遅いわよ！」

語気鋭く叫ぶと同時に、リリカは床を蹴り、リョハンの顔めがけて拳《こぶし》を繰り出した。町道場レベルなら、充分に師範代が務まる切れとスピードだった。

だが――リョハンに言わせれば、〝綺麗《きれい》すぎる型〟でしかない。

「後悔しないよ……っと」

彼はリリカの拳をいなすと、そのまま軽く力を加え、彼女の身体を一回転させた。

「えっ？」

そして、虚をつかれた彼女が床に落ちる瞬間、胴着を引きつかんで衝撃を和らげる。

結果、リリカは空中で一回転し、フワリと尻餅《しりもち》をつくことになった。

一瞬、何が起こったのか分からず、彼女は目を丸くする。しかし、

「これでお前の〝負け〟だ」

リョハンの宣言で、自分の置かれた状況を知った。

「い、今のは……！」

「油断したから……なんて言い訳が、実戦で通用しないことぐらい分かるよな？　お前ほどの使い手なら」

「くっ……」

「導士は町道場の試合じゃなく、実戦に備えて修行する。今のが実戦ならリリカ……お前は今、死んだぞ」

「…………」

厳しい正論に、何も言い返せないリリカ。

ふと、フェイユンが横から、彼女をかばうように口を挟む。

「でも、今のは実戦じゃないアルよ？　そこまでキツく言わなくてもいいアル」

「自慢じゃないが、オレは修行時代、師匠との組手で3回死にかけたぞ」

「……だう～」

すごすごと引き下がるフェイユンを後目に、リリカは意気消沈した様子で呟いた。

「私……負けたのね……」

「ゼータクゆーな」と、リョハン。

「弟子入り間もないヤツに、いきなり負けてたまるか」

「私は、弱いのね……」

リリカは構わず続けた。どうやら、かなりのショックだったようだ。

(やれやれ……気の強さは、打たれ弱さの裏返しか?)

リョハンは肩を軽くすくめて、しょげるリリカに教え諭す。

「負ければ弱いのか?」

「強ければ勝つもの……」

「じゃあ、負けっぱなしのままでいる気か?」

効果はてきめんだった。〝負けっぱなし〟の一語に、強く反応したのだ。

「……冗談じゃないわ! 次は勝つわよ! もう、絶対負けないっ!」

リリカはゆっくり立ち上がると、再びリョハンを見据える。

その爛々《らんらん》と輝く瞳《ひとみ》に、リョハンは満足げなうなずきを返した。

「そうだ、その意志も一つの〝強さ〟だ。その意気があれば強くなれる」

――気を落ち着かせたリリカが席に戻るのを待って、彼は講義を再開する。

「さっきのみんなの答えでも分かるように、〝強さ〟の定義は十人十色だ。だから、これはあくまで参考にすぎないのだが……〝強さ〟とは、〝護《まも》ること〟だと、オレは師匠から教わっている」

「護ること……」

弟子たちはそれぞれ、その言葉をかみしめる。

「お前たちにはその意味を考えながら、日々修行をして欲しい。完全に理解できた時こそ、導士として一人前……らしい」

そう語りながら、リョハンは心の中で付け加えた。

（そういう意味では、オレもまだ修行中なんだがな……）

――その後、リョハンの流派である〝鳳斗仙流〟についての説明などが行われて、午前の講義は終わった。

「さて、今日の授業はこのくらいにしておくか」

「ぁ……ぉ昼御飯、準備して……きます……」

食事当番のルゥが、真っ先に教室を出ていく。

慌てて、後を追うフェイユン。

「あ、ルゥさん、フェイユンも手伝うアル」

シアンはといえば――。

「zzzz……」

講義の終わらないウチに、海より深い眠りに落ちていた。

「ふぅ……」

そして、ため息をつきながら席を立ったリリカを、リョハンがおもむろに呼び止める。

「あ、リリカ……その、さっきはすまなかったな」

「……何が？」

「なんか、お前に恥をかかせたみたいで……」

申し訳なさそうなリョハン。意図的に挑発したことに、軽く罪の意識を感じているのだ。

しかし次の瞬間、リリカは彼に、初めての表情を見せた。

照れ笑いである。

「別に、恥をかいたなんて思っていないわ。むしろ、私の慢心を指摘してくれた先生に、礼を言いたい気分よ」

「えっ？」

普段クールな彼女からは考えられない言葉に、リョハンはつい戸惑ってしまう。

そんな彼にリリカは、ニコリと笑って手を差し出した。

「先生の下で〝強さ〟を修行してみたいわ……これからもヨロシク」

「あ、ああ、キッチリ鍛えてやるとも」

リョハンも笑顔を返すと、握手をするために手を出した。

その時、シアンの悩ましげな寝言が聞こえてきた。

「ん……先生……クス、早いんですね……」

「………」

「………」

とんでもない寝言に、リョハンは硬直してしまう。一方、リリカは何気なく、差し出した手を引っ込めてしまった。

「そう……先生は早いのね。手を出すのが早いのか、それとも……」

「……そーいう、ストレートな誤解はやめないか？」

「プライベートに口出しする気はないけど……もしもの時は、命の保証しないから」

「おい、シアン！　起きろ！　なんちゅー寝言を言い出すんだ!?」

軽蔑《けいべつ》の眼差《まなざ》しを受けながら、シアンの肩を必死に揺すって起こそうとするリョハン。

だが、身の潔白を証明することはできなかった。

「ｚｚｚ……あ、可愛《かわい》い……」

「おっ、お前っ……！」

絶句するリョハンの肩を、リリカが去り際にポンと叩《たた》いていった。

「……個体差ってあるし、気にしなくてもいいんじゃない」

彼女の足音が、教室の外へと消えていく。

後には、起きる気配のないシアンと、師匠の威厳をズタズタにされてしまったリョハンの二人が残された。

「……夢の中で、オレが何してるってゆーんだ？」

シアンの寝顔が、涙でにじんで見えない。


数日後――講義の内容は、導士としての心構えから、〝符術〟についての概論に移っていた。

符術とは、専用の紙に墨で書かれたお札――〝呪符《じゅふ》〟を使い、様々な現象を人工的に発生させる技術の総称である。一般の人にはごく簡単に、〝お札を使った魔法〟と説明することも多い。

しかし、現実の符術には〝施行〟する上での制約が多く、〝魔法〟といえるほど自由なものではない。また、符術の威力は使い手の扱える〝氣《き》〟の大きさによって決まる。

そこで、符術を教えるにはまず、符術と〝氣〟の基本構造を叩き込む必要がある。

リョハンの講義も、この点についての説明に終始した。

「ランニングでも、ペースより呼吸のリズムを重視して走らせてるだろう？　アレは、氣のコントロール……〝練氣〟をするために、呼吸のコントロールが必須《ひっす》だからだ」

「それで、先生がランニングする時も、ペースがゆっくりなのね」

「サボッてたワケじゃないアルか」

「……お前と一緒にするな」

フェイユンにツッコんでおいてから、リョハンはルゥの頭にポンと手を置く。

「だから、足が完治するまでは、早歩きで充分。痛みをおして、無理するなよ」

「ぁ……はぃ……」

一瞬驚いたルゥは、叱《しか》られた子猫のように首をすくめて、頬《ほお》を赤らめた。

彼女の様子に、軽く懸念を覚えるリョハン。

（うーん、ハキハキしゃべらないなぁ……心の傷とかがあるのかもしれないが……）

そういえば、初めて会って以来、ルゥの笑顔を見たことがない。

（修行を通して、少しでも明るくなってくれるといいんだが……）

幼い弟子の幸せを願わずにはいられない、新米の師匠であった。と――。


ゴキュッ！

思わず頬が引きつるような、痛々しい音がした。

見ると、シアンがこめかみの辺りに、机の角をめり込ませていた。

「………」

言葉を失った一同が見つめる中、シアンは椅子《いす》から滑り落ち、ゆっくりと床へ崩れ落ちる。心なしか、彼女のこめかみから白い煙が立ち上っているようにも見えた。

「……はっ！　シ、シアン!?」

いち早く我に返ったリョハンは、動かないシアンを慌てて抱きかかえた。どうやら、外傷はない。丈夫なこめかみである。

（いきなり睡魔に負けられるのは、こっちの心臓に悪いなぁ）

あきれつつも、彼はシアンの頬をペシペシと叩く。

「おい、シアン起きろ。大丈夫か……ん？　どうした、リリカ？」

ふと、リリカがシアンの胸に耳をつけた。

ほどなく耳を離すと、いつもの冷静な口調で一言。

「止まってるわね……心臓」

――一瞬、教室の中を、重苦しい沈黙が支配した。

ややあって、リョハンが無理矢理口を押し開く。

「えっと……何が止まったって？」

「だから心臓。鼓動が止まってるの」

「え～っと、それってまさか……」

「……死んでるってコトね」

聞き違えようのない宣告に、リョハンの顔色が変わった。

「ば、馬鹿《ばか》！　落ち着いてる場合か！　こういう時は、えっと……」

「鳥葬アルね」

「いきなり葬るな！」

「……惜しぃ人を、亡くしました……」

「すぐに決めつけるんじゃない！」

「でも、先生は導士なんだから、葬儀はできるでしょ？」

「だから、その前にすることがあるだろうが！」

散々わめき散らした後、彼の脳裏にようやく、こんな時の対処法の記憶がよみがえる。

「……アレだ！　心肺蘇生《そせい》法！　ええと、まず正確な心臓の位置を探し出して……」

シアンを仰向《あおむ》けにすると、リョハンは急いで彼女の左胸をまさぐる。

しかし、彼の言う〝心肺蘇生法〟は、まだ民間に認知されていない、専門的な技法であった。つまりリョハンの行為は、

「胸を……揉《も》むの？」

「なんか、Ｈアルね」

「……ポッ」

——という反応を引き起こすのである。

「勘違いすんな！　外部から心臓を圧迫してやるんだっ！」

「でも、揉むのね……」

「役得アルね〜」

「が……がんばって、くださぃ……」

「お、お前ら……もういい！　リリカ、心臓マッサージはお前がやれ！」

リョハンはこめかみに青筋を立てながら、体力のありそうなリリカに、心臓マッサージの方法を教える。

リリカはすぐに要領を飲み込んで、シアンの胸をリズミカルに圧迫し始めた。

「んッ、んッ……結構、んッ、体力、んッ、使うわね……」

「大変だけど、頼んだぞ」

その間にリョハンは、シアンのあごを軽く上げて気道確保をし、鼻をつまみ、空気を送り込むために唇を合わせようと——。

「どさくさに紛れて、何するアルか！（ゴスッ）」

「ぐばっ‼　な、なんで蹴る⁉」

直前で顔面を蹴られた彼は、頬を押さえながらフェイユンに抗議する。

しかし、リリカとルゥは、フェイユンと同じ勘違いをしていた。

「最低ね……」

「……せんせぃ……」

「馬鹿野郎、茶化すな！　こうやって呼吸を促してやるんだ！」

非常事態だけに、思わず本気で声を荒げるリョハン。

「リリカ！　もっとリズムよくマッサージを！」

「わ、分かってるわよ」

その気迫にたじろぐようにうなずき、リリカは心臓マッサージを続行する。

リョハンはマッサージのリズムが整ったのを確認すると、再びシアンの鼻をつまみ、大きく息を吸った。

（シアン、絶対助けてやるからな……！）

そして、息を吹き込もうと、唇を寄せた瞬間——いきなり、シアンが意識を取り戻した。


ゴギャン!!


「うごっ⁉」

カウンター気味の頭突きを眉間《みけん》に食らい、リョハンは激痛にうめく。

「ん、うぅん……あ、頭が……」

同様にうめきながら目を開いたシアンは、眼前にあるリョハンの顔をボーッと見つめた後、ハッと何かに気付いたように目を見開き、頬を赤く染める。

「そんな……みんなが見てるのに……」

「……寝言を言う余裕があるのなら、もう平気そうだな」

リョハンの言葉と同時に、フェイユンやルゥは安堵《あんど》の声を上げた。

「シアンさん、生き返ってよかったアル！」

「だぃ……じょぅぶ、ですか……？」

「え？　あ、う……うん、もう平気みたい、です」

戸惑いの表情を浮かべるシアン。みんなにいきなり心配されて、少し困っているようだ。

そんな彼女に――リリカがこわばった声と表情で尋ねた。

「……ねえ、シアン」

「は、はい？」

「貴方、心臓が動いてなくても、生きていられるの？」

「…………!!」

シアンの表情が一変する。急速に青ざめる彼女の顔を、リリカの視線が捉《とら》えて離さない。

「貴方、もしかして……！」

何か言おうとするリリカを、シアンは手で制した。

そして、深いため息をついてから、顔を上げて告白する。

「驚かないでくださいね……私、実は生きていないんです」

「生きていない……？」

あまりにも漠然とした言葉に、リョハンやフェイユン、ルゥは、呆気《あっけ》にとられた表情でシアンを見つめた。

シアンは続ける。

「どうして動けるのか……正直、私自身もよく分かりません。ただ、気がついたら、雨の中に立っていたんです」

「……なぜ、自分が死んでると分かったの？」

「覚えてますから……死んだ瞬間のことを」

「…………」

一同が沈黙する中、シアンは何かに怯《おび》えるように、自分の肩を抱きしめた。

「私は……痛みも苦しみも感じない……死人なんです」

――シアンの告白によると、五感は生前の記憶によって〝痛い気がする〟〝美味《おい》しい気がする〟という風に、擬似的に再現されるようだ。彼女の振るまいに不審な点がなかったのは、そのためであった。

そして、すぐに寝てしまうのは、

「本来なら動くはずのない身体を動かすのって、とてもエネルギーを使うみたいで……」

ということで、しばしばエネルギー切れで、身体を動かせなくなるらしい。

「今でこそ、一日の3割以上起きていられるようになりましたけど……はじめは2時間起きていられれば、良い方でした」

「それで、『眠気に負けない強靱《きょうじん》な精神力』を求めて、導士を目指したワケか……」

以前聞かされた入門の動機を思い返し、リョハンは呆然と呟く。

ふと、シアンは目を閉じて、静かに頭を振った。

「でも……もうおしまいですね」

「ナ、ナニがおしまいアルか⁉」

「どぅして……ですか……？」

「気味が悪いでしょ？　血の通ってない化け物なんて……」

驚く兄弟弟子に、彼女は寂しげに微笑んでみせた。そして、その場で深々と頭を下げる。

「先生、そしてみなさん……短い間でしたけど、お世話になりました」

その時、ルゥが思いもよらない行動に出た。

「せんせぃ……追ぃ、出さなぃでくださぃ……」

「ル、ルゥ？」

彼女はリョハンの服の袖《そで》を引っ張って、哀願したのだ。

「シアンさん、ぃぃ人です……代わりに、私が……出てぃきますから……」

「それじゃ、意味がないだろ」

「……まさか、追い出すアルか⁉」

続いてフェイユンが、笑顔のクセに怒りをあらわにして詰問する。

「仕方ありませんよ。人を救う導士の弟子がバケモノじゃ、みんなにも迷惑がかかります
し……」

「そんなことないアル！　先生、心が狭いアルよ……人でなしアル！　ろくでなしアル！

鬼アル！　野獣アル～‼」

「あー、アルアルうるさい！　大体、その野獣ってのは何だ⁉」

閉口して叫ぶリョハン。

「そもそも、オレはまだ何も言ってないだろーが」

「えっ？」

師匠の言葉に、弟子たちは驚きの表情を見せた。

みんなが静かになったことを確認して、師匠は自分の考えを伝える。

「言っておくが、シアンを追い出すつもりなんか、オレには全くないぞ」

「じゃあ、手込めにした後、調伏する気アルかーっ！」

──リョハンはフェイユンをぶっ飛ばした。

そして、シアンに向き直ると、優しく言った。

「シアン……今までつらかっただろう？」

「……はい」

伏し目がちにうなずくシアン。

彼女のつらさは、リョハンの想像に余りある。死人であるが故に、開ききれない心──知り合った人たちをだましているという罪悪感──死んでから今に至るまで、あちこちで受けてきたであろう差別や迫害──。

リョハンは、繰り返し尋ねた。

「だったら、弱い者の痛みが分かるな？」

「はい」

「まだ人は好きか？」

「はいっ」

「もし導士として得た力があれば、良い方向に使ってくれるか？」

「……はい！」

次第に力強くなるシアンの返事を聞いた後、しばし黙考するリョハン。

──結論は、最初から決まっていた。黙考は、自らの言葉に重みを持たせるための演出でしかない。

「なら、オレから頼むよ。その気持ちを忘れないまま、ぜひここで修行を続けてくれ」

「………」

数回まばたきをした後、シアンは信じられないといった表情で、うわずった声を上げる。

「あ、あの……私、ここにいて……いいんですか？」

「ちゃんと話を聞け。オレはいてくれと頼んだつも……おぉぉ～っ⁉」

渋くキメるつもりだったリョハンの台詞は、シアンの豪快なタックルに阻まれた。

「ゲホッ、ゲホッ……シ、シアン？」

息を詰まらせるリョハンの胸の中で、彼女は涙ながらに誓った。

「あり……がとうございます……私、絶対に……良い導士になります……」

「ああ、オレの弟子なんだから、当然だ……うおっとぉ⁉」

今度こそ、格好良くキメようとしたリョハンだったが、

「先生、男前アルー！」

「せんせぃ……ぁりがとぅござぃます……」

首やら腰やらに弟子たちが抱きついてきたことで、無駄な試みに終わるのだった。

「お、お前ら、抱きつく力が強すぎ……グエエッ」

その日の夜――。

「先生……」

上着を羽織りながら自室を出たリョハンは、不意に声をかけられた。

「……リリカか？」

リリカは、部屋の前の壁にもたれかかっていた。リョハンを待ち伏せていたのだろう。

「どうした、こんな夜中に？」

「ちょっとね。先生こそ、こんな夜中にどこへ行くの？」

「……ちょっとな」

軽く言いよどむリョハンは、続くリリカの問いに目を見張る。

「〝叛魂操咒《はんこんそうじゅ》〟……って、知ってる？」

「……お前、どうしてその名前を……」

思わず呟いた後、彼は反射的に周囲を見回す。幸いなことに、他の弟子の気配はない。

リリカは鋭い視線と質問を、眼前の師匠に向けた。

「シアンは……その術で動いているんじゃないの？」

「…………」

（なるほど。昼間の態度がルゥやフェイユンと違っていたのは、そういうことか）

「答えて」

返答を急《せ》かすリリカ。その姿を心に刻みながら、リョハンは口を開いた。

「それは……ない」

「……どうして言い切れるの？」

「目を見れば分かる。アレは、人の確かな意志を持った目だ。操られている傀儡《くぐつ》の目じゃない」

「つまりは、先生の導士としての勘……というワケ？」

「身も蓋《ふた》もないヤツだな」

彼が苦笑いを浮かべると、リリカは厳しい表情のままで、自分の部屋へ戻ろうとする。

「分かったわ……ありがとう」

「……おい、リリカ」

「なに？」

振り向くリリカに、リョハンは短く告げた。

「シアンは、仲間だぞ」

「……分かってるわよ」

リリカはそう言い残して、自室へと戻っていく。

それを見届けながら、リョハンは自問した。

（叛魂操咒なんて、導士しか知らないような術の名を、どうしてリリカが知っている？）

強くなるために導士を目指すと、公言してはばからないリリカ。彼女にもルゥやシアンのような、人に明かせない秘密があるんだろうか――弟子たちの過去について、考えさせられるリョハンだった。

（家業を継ぎたくなくて導士になったオレなんかより、アイツらの方が成長するかもしれんな……それが幸せなことかどうかはともかく）

「おっと、物思いにふけってる場合じゃないな」

不意に我に返ると、彼は忍び足で道場の外へ出た。

――村の夜警のためである。


リョハンたちの暮らす村には、自警団のような組織が存在しない。もともと活気に欠けるこの村では、そのような組織を積極的に作ろうという人物もいないようだ。リョハンに言わせれば『そんな村だから、野盗に狙われるんだよなぁ』ということになる。

そこで彼は数日前の、

『夜遅くは野盗とかが出てきて、危ないですから』

というメイファの言葉をきっかけに、その日の夜から、弟子たちに内緒で村の夜警を始めていた。

実際に、夜警中に野盗退治を行う必要はない——もちろん、野盗が現れるなら、丁重に痛めつける用意はあるが。それよりもリョハンは、〝導士が夜警をしている〟という既成事実を作ることで、野盗襲撃に対する抑止効果を期待しているのである。

一方で、自分が村の役に立っているという、村人へのアピール効果も計算していた。

「オレでさえ、まだ村に受け入れてもらったとは言えないのに、さらに4人も余所者《よそもの》が増えちまったからなあ」

悪く言えば〝点数稼ぎ〟ということになるのだろうが、修行する上で——つまり、この村で暮らす上で、弟子たちの余計な負担はできるだけ減らしてやりたいと考える、苦労性の師匠であった。

「修行が進めば、連中にも夜警を手伝わせたいところだが……今の段階で連れてきても、足手まといなだけだからな……さて」

ふと、リョハンは村の中を歩く足を止めた。

しばらく立ち止まった後、再び歩き出す。

そして——そっと苦笑した。

(誰だ、下手くそな尾行をしてるヤツは?)

さっきから、リョハンの後をつけてくる気配があったのだ。いや、気配などという気の利いたものではなく、ヒタヒタという足音であった。

足音はリョハンが立ち止まると同時に止み、歩き出すと同時に再び聞こえてきた。テンポが、かなり速い。歩幅は間違いなく、リョハンより短そうだ。

野犬の類《たぐい》――ではなさそうだ。野犬なら、とうの昔に襲いかかってきているはずだ。では、子供か？　しかし、普通の子供が、深夜に外を出歩いているとは考えにくい。

熟考の末、尾行者の正体について見当をつけると、リョハンは突然クルリと振り向いた。

「……っ⁉」

「やっぱり、お前か……」

そこにいたのは、予想通り――ルゥであった。夜中にリョハンの後をついてきそうな子供は、彼女以外に考えられなかった。

尾行を感づかれたルゥは、ピクリと肩を震わせ、その場で固まってしまっている。

「どうして、オレの後をついてくるんだ？」

リョハンは、厳しい表情を作って尋ねた。すると、ルゥは怯えた目をして、小さな声で言う。

「ごめ……ごめんなさぃ……迷惑、ですか……」

「いや、別に迷惑とか、そういうことじゃなくて……危ないだろう、子供が夜中に外を出歩いたら」

「……ぁぅ～」

彼女は何も言葉を返せず、泣きそうな表情でうつむく。

「さ、怒らないから話すんだ。どうして、俺を追いかけてきた？」

リョハンが語調を和らげると、とんでもない答えが返ってきた。

「……ぁの、置ぃてぃかれると思って……」

「プッ……お前、オレが夜逃げでもすると思ったのか？」

予想外の珍回答に、リョハンは不覚にも吹き出してしまう。

彼は笑いをおさめると、ルゥの頭を軽く撫《な》でてやった。

「心配するな。まだ半人前のお前たちを置いて、オレが村を出ていくワケないだろ？」

「せんせぃ……」

「さあ、今日の夜警は終わりだ。一緒に帰るぞ」

「……はぃ」

こうしてふたりは、帰途につく。

道すがら、リョハンは小さな弟子に言って聞かせるのだった。

「それから、オレが夜警をしてることは、他のみんなにはしばらく内緒だぞ」

「……はぃ、せんせぃ……」

第3章　メイファ

「まずは〝冲捶《ちゅうすい》〟！」

「ハッ！」

「〝降龍《こうりゅう》〟！」

「やっ！」

「〝鶴歩推山《かくほすいざん》〟！」

「たぁっ！」

「……さすがに、リリカは完璧《かんぺき》だな。てゆーか、この程度なら、最初から知ってるか？」

「基本的な〝型〟だから……」

「よーし、次！　ルゥ！」

「……は、はぃ……」


——2ヶ月目に入ると、修行も徐々に実践的なものへ進んでいく。

この日は、〝型〟の練習——武術の本格的な修行の第一段階を行っていた。

練習法は極めてオーソドックス。リョハンが〝型〟をひとつひとつ見せていき、弟子たちがそれをマネしていく、といった具合である。

当然ではあるが、4人の弟子の習熟度には、かなりの差があった。

武道経験者のリリカは、他の3人に比べて明らかに動きが違う。

小さな身体で一生懸命、手足を動かすルゥ。スジは悪くない。

シアンの型は間違っていないが、眠いためか、動きが極端にスローモーション。むしろ、バランスを崩して転ばないのが不思議なほどである。

そして、フェイユンは——。

「……わざと、じゃないよな？」

「何がアルか？」

反問するフェイユンの姿勢は、他の3人とあからさまに異なっていた。

「その格好は……ふざけてるワケじゃないよな？」

「失礼アルね！　これでもフェイユン、必死アルよ！」

（そう言われる方が、教える身としてはツライなぁ）

リョハンはため息をつきながら、フェイユンの正面に立ち、肩幅より少し広いくらいに脚を開いた。

「オレをよく見て、マネしてみろ」

「分かったアル」

フェイユンはうなずくと——脚を左右に大きく、限界までギリギリまで開く。

「…………」

リョハンは構わず腰を落とし、〝騎馬式〟の姿勢を作る。

「なるほど……こうアルな」

フェイユンは彼を見ながら腰を大きく引き、尻を後ろへ突き出した。

一瞬絶句した後、リョハンはむしろ優しい声で尋ねる。

「……今の自分の格好とオレの格好を比べて、疑問はないか？」

「ないアル」と、フェイユン。

「それともフェイユン、間違ってるアルか？」

「そうか……」

リョハンは自らの型を解き、フェイユンの後ろへ回る。

「な、何アル……？」

「いいか、こんなに足を広げてちゃ、膝《ひざ》が伸びきって、とっさに動けないだろ？」

そして、フェイユンのすねをつかんだ。

「うひょぉ？」

「足の幅は、肩幅より少し広めだ」

「りょりょ、了解アル～」

「……どうした？」

ふと尋ねるリョハン。フェイユンの様子が（いつにもまして）変だったのだ。

「な、何でもないアル……」

「そうか？　それとだ、腰は引くんじゃなくって……」

さらに、リョハンがフェイユンの腰の両脇《りょうわき》をつかんだ、その瞬間。

「……ぁひ、ひゃあ……ぁん……」

フェイユンは世にも怪しげな悶《もだ》え声を上げ、そのままクテリと地面に崩れてしまった。

「な、何だぁ？」

「だ、大丈夫……ですか……？」

リョハンは目を丸くし、ルゥは慌てて介抱しようとする。

その時——リョハンは何故《なぜ》か、冷ややかな空気を感じた。

「……修行にかこつけて、ひどい男ね」

「ちょっと、卑怯《ひきょう》ですよ……」

軽蔑《けいべつ》の眼差《まなざ》しを向けるリリカと、非難の視線を送るシアン。リョハンには、その理由が分からない。

「ええと……言ってる意味が、よく分からないのだが」

ポカンと口を開けるリョハンの聴覚が、摩訶《まか》不思議なフェイユンの泣き声を捉《とら》える。

「ウウッ……セクハラアル……フェイユン、先生に弄《もてあそ》ばれたアル～……」

「き、気色の悪いことを言うな！」

全身に鳥肌が立つのを自覚しながら、リョハンは反論した。

「オレは男だし、ゲイじゃないぞ！　何で、フェイユンにセクハラせにゃならんのだ⁉」

すると、有無を言わさぬリリカの言葉が返ってくる。

「……言い訳にもなってないわね。先生が男で、しかもゲイじゃないって言うなら、なおのことセクハラじゃない」

「余計、言ってることが分からんぞ！」

混乱するリョハン。その姿を見て、シアンが声をかけた。

「あ……先生、ひょっとして勘違いしてます？」

「勘違い？」

「フェイユンは、女の子ですよ」

「……ウソぉ」

リョハンは妙に低い声で呟《つぶや》く。

「この生き物のどこが、女の子なんだ？」

そして、シアンの言葉が冗談であることを確認しようとフェイユンに目を向け――まっすぐ自分に飛んでくる刃物の切っ先を見た。

「うおわっ⁉」

眉間《みけん》の寸前で、リョハンは人差し指と中指で挟んで受け止める。それは、つばのない短刀――匕首《ひしゅ》であった。

「な、何でこんなモンが……ぐはぁっ！」

驚く彼のあごに、フェイユンのアッパーカットがヒット！　リョハンは華麗に宙を舞った後、音を立てて地面に落下した。

「フェイユンは、どこからどー見ても、女の子アルよ！　無礼にも、程があるアル！」

怒りのオーラを出しながら、ユラリと立ち上がったフェイユン。その手には、いつの間にか数本の匕首が握りしめられている。

「セクハラしておいて、そんな言い逃れが通用すると思ってるアルか⁉」

「だ、だってお前……ホントにぃ⁉」

未だ信じられないリョハンに、リリカが冷たく言う。

「……普通、声を聞けば男か女かくらい、判断できない？」

確かに、フェイユンの声は、男にしては甲高すぎるような気もする。しかし、真剣に型を教えようとしていただけのリョハンにとって、これはあまりにも理不尽な展開であった。

（だって、見た目が女じゃない……それ以前に、人類かどうかも怪しいじゃないかよぉ）

つい主張したくなる彼に、さらに理不尽なフェイユンの罵声《ばせい》が浴びせられる。

「今日のところは、思いきり殴ったからチャラにしとくアルけど……次はないアルよ！」

「仮にセクハラするにしたって、オレも相手を選ぶっちゅーに……」

「何か言った？」

「あ、ああ、いや、何でもない」

——昼食後の休み時間。

釈然としない思いを抱えて、裏庭をぶらつくリョハン。

彼の目の前では、翌日の食事当番・リリカが、当日分の薪《まき》を割っていた。

とはいえ、実際に割っているのは、パンダのファンファンなのだが。

パカーン、パカーン——ファンファンの黒い腕が振り下ろされるたびに、薪は軽快な音を立ててふたつに割れる。

（それにしても……素手で薪を割るのか。しかも、手の動きが完全には見切れない）

リョハンはファンファンの仕事ぶりを眺めながら、軽い困惑を覚えた。

（今、このパンダと闘ったとして……オレは符術なしで勝てるんだろうか？）

「どうしたの？」

ふと、リリカが再び声をかけてきた。

「い、いや、働くパンダってのも、不思議な光景だなぁと思ってな」

「ファンファンもここに住まわせてもらっている以上、この程度のことはしないとね」

彼女の言葉に、リョハンは小さな疑問を抱く。

「そうか……そういえば、リリカとファンファンの関係って、何だ？」

「関係……？」

「入門の日にはお前、ファンファンのことを〝非常食〟呼ばわりしてただろ？」

瞬間、ファンファンの手がピタリと止まった。

リリカはさりげなく視線を逸らして、空とぼける。

「……気のせいじゃない？」

「心配するな。今さら、ペット禁止だなんて言わないさ」

苦笑するリョハン。ファンファンは軽く鼻を鳴らすと、再び薪を割り始めた。

その姿を見ながら、リョハンは何気なく言う。

「それにほら……道場で共同生活してると、みんながひとつの家族のように思えてくるしな。当然ファンファンも、その一員だよ」

「先生……」

するとリリカは、なぜか驚いたような表情を浮かべる。

「……オレ、何か恥ずかしいこと言ったか？」

「ううん。先生がそんなことを考えてるなんて、思わなくって……」

そして、目を丸くするリョハンに、どこか陰を含んだ笑みを向けた。

「……私にとって、家族はファンファンだけだったから……」

言葉の裏にある事情が、少し気にかかる。

その懸念を振り払うように、リョハンは無理矢理おどけてみせた。

「なんだったら、オレを〝お兄様〟と呼んでもいいんだぞ？」

「………………」

「……結構ギリギリいっぱいの冗談だ」

「後悔するなら、言わなきゃいいのに……」

リリカにキツイ一言を頂戴《ちょうだい》した、その時。

「ばうっ……？」

不意に、ファンファンが耳をヒクヒク動かして、中庭の方を見やった。

「どうしたんだ？」

「何か、中庭であったんじゃない？」

リリカの言葉を受け、リョハンは中庭に向かう。

そこではなぜか、ルゥが地面にへたり込んでいた。

「何かあったのか？」

リョハンが大股《おおまた》で歩み寄ると、彼女は怯《おび》えた表情を隠そうともせず、震える手で中庭の一角を指差した。

「……ぁ、ぁれ……」

「ん～？　あそこに何か……わあああああああぁぁッ!?」

ルゥの指先を目で追った途端、リョハンの口から絶叫がほとばしった。

そこには――木の枝にヒモを掛けて、首を吊《つ》っているフェイユンの姿があったのだ。

彼女独特の、作り物のような手足は、風に吹かれるまま力無く揺れていた。

「ふぇ……ぃゅん、さん……」

「も……もう、事切れてるのか……」

ガクガクと震えるルゥの隣で、リョハンは愕然《がくぜん》と立ち尽くす。

「ま、まさか……午前中のセクハラの件が理由なのか⁉」

彼は信じられない思いで、フェイユンの姿を凝視し続けた。

そこへ、絶叫を聞きつけてリリカとファンファンがやってくる。

「騒がしいわね。どうしたの？」

「フェイユンが、フェイユンが首を吊って……！」

「……フェイユンがどうしたの？」

師匠のただごとならぬ様子に、リリカは険しい表情で木の枝を見つめ――一瞬のうちにその表情を弛緩《しかん》させた。

「あ……なるほどね……」

「な、なんだ、その反応は？」

「あのね……あそこにぶら下がってるのは、フェイユンの服のスペアよ」

「……言ってる意味が、よく分からんが」

「〝着ぐるみ〟って言い換えたら、分かる？」

「き、きぐるみ……」

「……ですか……？」

想像もつかない彼女の言葉に、リョハンとルゥは、互いに顔を見合わせた。

「じゃ、じゃあ、アイツの人間離れした見てくれは……」

「少し考えれば、分かりそうなモノでしょ」

リリカは首を振りながら、再びため息をつく。

「どう見ても、人の肌じゃないでしょ、アレ」

「……でも、ど−して着ぐるみなんか着る必要があるんだ!?」

「異性に対して凄《すご》く恥ずかしがり屋なのよ。だから、アレで全身隠しているの」

「…………」

改めて、言葉を失うリョハン。

（か、解決策が、オレの想像をはるかに超えている……）

それでも、フェイユンが一応ホンモノの人間らしいという新事実は、決して悪いことではなかった。

「ところで……どうしてリリカは、そのことを知ってるんだ？」

リリカの返答は、相変わらず明瞭である。

「追《お》い焚《だ》きが面倒だから、お風呂《ふろ》はみんな一緒に入るのよ」

「……お風呂で、一緒……」

不意に、弟子たちの入浴シーンが、リョハンの頭の中を巡った。

しかし、細かいところまで妄想する前に、リリカの冷めた視線で我に返る。

「で、でも、ルゥは知らなかったみたいだぞ？」

「あ……ルゥ、知らなかったんだ？」

意外そうにルゥの姿を見つめた後、リリカはリョハンの疑問を解く。

「この子、なぜかは知らないけど、いつも『後でいいです』って遠慮するのよ。だから、フェイユンの素顔を見たことがないのね」

「なんだ、じゃあルゥだけ、ひとりで風呂に入ってるのか？」

「……はぃ……恥ずかしぃ、ですから……」

小声で呟くルゥの表情を見て、リョハンはつい、心の中で呟いた。

(じゃあ、オレが一緒に入ってやろうか？)

――妄想の直後、自己嫌悪に陥る。疲れているのかもしれない。

「すまんな、未熟な師匠で」

「……？」

不思議そうな顔をするルゥの頭を、申し訳なさそうに撫《な》でる彼であった。

1ヶ月後。

「まずは、おさらいからだ。オレたちの流派、〝鳳斗仙流〟が扱う呪符《じゅふ》は、6系統に分かれている。シアン、系統を全て挙げてみろ」

「風・地・火・水……それから、陰・陽ですか？」

「よーし、正解だ。その中でも、最初は妥当なところで、風の呪符を使ってみようか」

——4人の弟子は〝練氣〟の方法をマスターし、いよいよ実際に呪符を使った〝符術〟の修行を始めていた。

それぞれが、リョハンから渡された呪符を持って、中庭に集合している。

「……どぅして、風……ですか？」

「初心者が行うには、一番安全だからな。最初から火なんか扱うと、危なっかしくて仕方がない」

「危ないのは嫌アルね〜」

「手順さえ覚えてしまえば、さして危険じゃないぞ。オレの手本を見ておけ」

リョハンは弟子たちの前で足を肩幅に開くと、肩の力を抜き、大きく息を吸った。

「符術を施行する手順の第一は、イメージすることだ。まず、頭の中に思い浮かべるのは、穏やかな水面。呪符を人差し指と中指で挟んで胸の前に構えたら、息を吐く時、その手から水を出すようにイメージして、呪符に氣を込めるんだ。そして……」

「あ……わ、あ、あれ？」

不意に、リリカの声が上がる。どうやら、説明中のリョハンの動きを、そのまま真似ているようだ。しかも、胸の前に構えた呪符が、ぼんやりと光を放っている。

刹那《せつな》――彼女の持つ呪符が弾け、風を生んだ。

「きゃあ！」

リリカを中心につむじ風が起きて、前掛けがフワリと舞い上がる。

「ほう……なかなかだな」

「な……何が？」

リリカはまくれ上がった前掛けを手で押さえながら、師匠をギロリと睨《にら》みつける。

珍しい彼女の赤面に初々しさを感じながら、リョハンは真面目に説明した。

「いや、初めての割にちゃんと風を生めた才能がだよ。ただ、呪符を放つタイミングを間違えると、今みたいになる。これが、火の呪符だったら……結果は、各々《おのおの》の想像に任せる」

「……うひょぉ～っ、バイオレンスアル～」

奇声を上げるフェイユン。大方、とんでもない想像をしたのだろう。

「正しくは、一瞬だけ〝ハッ！〟と強く息を吐き、同時に呪符を前に投げるような感じで放つんだ。それで、符術は施行できる……ほら、感覚を忘れないうちに、もう一度」

リリカは新しい呪符をリョハンから受け取ると、今度は説明通りに氣を練り、胸の前で構えた手を前に伸ばす。

「ハッ！」

瞬間、呪符が光を放ち、風が生まれた。

――今度は、上手《うま》くいった。彼女の作った風は、地面の砂を巻き込みながら、まっすぐ吹き抜けていく。

「よし、いい感じだ。どうだ、初めての術の感想は？」

「不思議な感じ……少し、手が火照ってるみたい……」

「上手に氣を集められた証拠さ。じゃあ、次はシアン、いってみようか」

「は、はい！」

こうして、風の呪符を使った実技演習は、順番に行われた。

シアンは、手足を必要以上に勢いよく動かし、訓練された憲兵のような硬い動作に終始した挙げ句、

「……ｚｚｚｚ」

――いきなり活動を停止した。

「そのタイミングで寝るんかい！」

しかし、リョハンがツッコミを入れた瞬間、呪符は風に変わり、リリカ同様にまっすぐ吹き抜けた。どうやら、眠ることで全身の無駄な力が抜け、氣が上手い具合に呪符を持つ手へ集まったらしい。

「うーむ……ある意味、器用なのかもしれんが……」

続いて試したフェイユンは、手を胸の前から動かさないまま、

「アル～！」

と、不可思議なかけ声を発して呪符を施行させた。直後、フェイユンを中心に、小さなつむじ風が生じる。要するに、彼女は先ほどのリリカの失敗例を、忠実に再現したのだ。

「どーして、風のど真ん中に立ってるんだ？」

「いや～、涼しくて気持ちいいアルよ」

「……暑いなら、その〝ぬいぐるみ〟を脱げ」

「おっ、またセクハラアルか？　望みとあらば、いつでも匕首を投げつけてやるアルよ！」

「………………」

とりあえず、呪符を施行する感覚はつかめたようなので、リョハンはフェイユンを放置することにする。

最後は、ルゥ。彼女はシアンのギクシャクした動きとは対照的に、ゆっくりと息を吸い、

時間をかけて氣を練る。

「……ん？」

その時、リョハンは気付いた。ルゥの小さな身体に流れる氣が——強すぎる！

「待て、ルゥ！」

慌てて声をかけるが、一瞬遅かった。

「ンッ！」

ルゥが呪符を放った瞬間、周囲の大気が震え、彼女の手から暴悪なまでの風が生じた。

暴風はうなりをあげ、大地をえぐらんばかりの勢いで放射状に広がった。巨大な庭石が動き、塀がミシリといびつな音を立てる——リリカやシアンの風とは、桁《けた》の違う威力だ。

「な、何なのコレ……⁉」

「ひょえぇ〜っ！　す、凄いアル〜ッ‼」

「ｚｚｚ……」

寝ている約1名を除き、仰天する一同。

なかなか止まない風に、ルゥは怯えた表情を浮かべ、ペタリと地面に座り込んでしまう。

「ルゥ、大丈夫か？」

「ぅ……せ、せんせぃ……ご、ごめんなさぃ……」

リョハンは、彼女をなだめるように話しかける。

「別に謝ることはない。ちょっとオレも油断していた」

「……どういうことなの、先生？」

「練氣の修行の時に、気付くべきだった。術の威力は、氣の強さで変わるからな」

「じゃあ、ルゥさんの氣は凄いアルか？」

「控えめに言って……ずば抜けている。これは天性のものだな」

師匠が初めて使う最上級の評価に、弟子たちは一様に息を呑《の》む。

「先生より凄いの？」

「ポテンシャルだけなら、比較にもならん。数年で俺を追い抜くことが、ルゥの目標になるだろう……それも、最初の目標であって、最終目標じゃない」

「……そんな、私……ぅ……」

「それよりルゥ、腕は大丈夫か？　術の威力で、だいぶ負荷がかかっていたようだが」

　ルゥはまだ怯えていたが、それでも大きな負傷はないようだ。

「はぃ……少し、驚いただけ、ですから……」

「そうか……そろそろ起きろ、シアン！」

「……ふぇ？　どうしたんですか、みなさん？」

　いきなりリョハンに一喝されて、ようやく目を覚ますシアン。既に死んでいるという特殊事情を考慮に入れても、やはり人並みはずれて肝がすわっていると言うべきか。

リョハンは懐から十数枚の呪符を取り出し、ルゥ以外の3人に手渡した。

「今の要領で、何度か試してみろ。フェイユンも、真面目にやれよ」

「フェイユンはいつでも、本気と書いて〝マジ〟アル！」

「ルゥには、やらせないの？」

「大事をとってな。それに、ルゥには先に、術の威力を抑える方法を教える必要がある」

そう言って、彼はルゥの頭を撫でる。一方のルゥはいつものように、

「ぁぅ……す、すぃません……」

と、反射的に謝るのだった。


――その日の深夜。

「さて、今夜も頑張《がんば》るか」

そっと独語すると、リョハンはいつものように、忍び足で夜警に出かける。

その数秒後。

「……もう、大丈夫アル。みんな、出てくるアルよ」

庭石の陰に隠れていたフェイユンが、リョハンが引き返してくる気配のないことを確認した後、兄弟弟子の部屋に声を掛けて回った。

「今日は、出かけるのが普段より遅めだったみたいね」

「ぁの……ゃっぱり、ゃめた方がぃぃと思います……」

「ふぁ～あ……今夜もとりわけ、眠いですねぇ」

フェイユンの合図を待っていたらしく、彼女たちはすぐに中庭へ集結した。

「……毎晩毎晩、何を頑張ってるのかしら、先生は？」

「夜に頑張るといったら、〝夜警〟しかないアル！」

「毎晩ですか？　まさかぁ」

「その、まさかアルよ！　フェイユンの父上も、夜警に行ってくると言っては、母上の目を盗んで側女の所に行ってたアル」

「……貴方のお父さんは単に、〝夜警〟と偽って逢《あ》い引《び》きをしてたのね」

――どうやら、リョハンが道場を抜け出していることは、ルゥ以外の３人も察していたようだ。

「どっちにしても、〝夜警〟の現場を押さえれば、先生の弱みを握れるアルよ！　だから、みんなも尾行に協力してほしいアル」

尾行の提案者であるフェイユンが、気勢を上げる。これに対してリリカは、

「まあ、逢い引きの相手によるけど、師匠の不祥事を未然に防ぐのも弟子の役目だしね」

――逢い引きの一点において、おおむねフェイユンと同意見のようだ。

「なんだか、こういうのって密偵みたいで、ドキドキしますね」

と、シアン。どうやら、心臓は止まっていても、胸は高鳴るものらしい。

唯一、真実を知るルゥは、リョハンから『他のみんなには内緒だぞ』と言われている手前、本当のことをみんなに告げるわけにもいかず、オロオロするばかり。そして結局、

「怖がらなくても平気アル。こんなこともあろうかと、昼間の呪符を1枚残してあるアル」

と言うフェイユンに、半ば引きずられるようにして同行することになった。

「それに、広い道場に子供がひとりだけ留守番っていうのは、かえって危険アルよ？」

「……ぁぅ～」


道場でそんな展開になっているとはつゆ知らず、夜警中のリョハンはメイファの家を目指していた。

先日、届けてもらった食材の代金を払う際に、彼はこんなことを頼まれたのだ。

『しばらく、西の都へ出かけなければいけないんです。できれば、野盗が入らないよう、ときどき家の様子を見に来てくれませんか？』

「……あの時は、後でたっぷり口でシテもらっちまったし、断れないよなぁ」

熟練の舌遣いを思い出し、わずかに口元のゆるむリョハン。

「それに恩人だし、村でたったひとりの……親友だしな」

しかし、〝親友〟という単語を口にするのには、若干の後ろめたさがあった。

面と向かっての告白こそなかったものの、自分がメイファに真剣に惚《ほ》れられていることは、自覚していたからである。

導士としての武者修行中、無一文のリョハンが空腹で行き倒れたのが、この村だった。

メイファは、素性の知れない余所者《よそもの》の彼を看病し、住まいを手配し、村人による差別からかばい立て——とにかく献身的にサポートしてきた。

村人からは、〝肉体だけが目当ての、はしたない関係〟などと陰口を叩《たた》かれたりもしているが、メイファがリョハンにとって、この半生で最も大切な女性であることは、間違いなかった。

ただ——彼女と家庭を持つ決心が、どうしてもつかない。

尊敬もしているし、好意も持っているのに、なぜか恋愛感情が育たないのだ。

一方、メイファの愛情はヒシヒシと感じる。自分のどこに惚れたのかと、リョハン自身が不思議に思うほどである。それでいて、決して愛情を押しつけようとはしない。その心配りが、かえってリョハンにはつらい。

「オレにはもったいない女なんだけどな、本当は。彼女を好きになれたら、どれだけ幸せなことか……やれやれ、恋心だけは誰にも制御できないか」

自嘲《じちょう》の念をこめて嘆息するリョハン。

彼の耳が——ふと、足音を捉えた。

「……ん？」

曲がり角の方から聞こえる、小刻みでテンポの速い足音。距離と音の大きさから、主は女か子供であろう。

「野盗に襲われてるのか？」

表情を引き締めるのとほぼ同時に、リョハンの視界に影が飛び込んできた。

それを見て、彼は驚いた。

「リョ、リョハンさん！」

「……メイファ！　街に行ってたんじゃ……？」

と、さらに後方から、3匹の野犬が向かってくる。

よく見れば、メイファは全身傷だらけで、服もボロボロになっていた。表情は憔悴《しょうすい》しきっており、目だけが涙で潤み、光ってみえる。

「あっ！」

不意に彼女は足をもつれさせ、悲鳴をあげて倒れる。そこへ、野犬たちが殺到する。

「ちぃっ！」

リョハンは舌打ちしながら地面を蹴《け》り、3匹まとめて野犬を蹴り飛ばした。

地面に叩きつけられた野犬は、戦意を喪失して逃げていく。

再び野犬が引き返してこないことを確認して、リョハンはメイファに向き直った。

「大丈夫か？」

「は、はい……おかげさまで助かりました」

「ったく、そんなボロボロになって……呑んでるじゃないか！」

メイファから漂ってくる酒気に、顔をしかめるリョハン。

「女性がそんなに酔っぱらったまま、夜道を一人歩きするモンじゃない」

しかしメイファは、潤んだ瞳《ひとみ》を彼に向けて微笑《ほほえ》む。

「でも、何かあったら……きっと、リョハンさんが助けてくれると信じていましたから」

「それはどーも」

リョハンは肩をすくめ、地面に座り込んだままの彼女に手を差し延べる。逃げている間に何度も転んだのか、破れた服と、その下に見える傷が痛々しい。

差し延べられた手を取って立ち上がると、メイファは不意にリョハンの胸に飛び込んだ。

「おっとっと……んむっ？」

酔いでバランスが崩れたのかと、メイファの身体を支えるリョハンは、そのまま唇を奪われてしまう。彼の唇を割り、口腔《こうこう》をまさぐったメイファの舌は、かすかに血の味がした。

やがて唇を離すと、メイファは自ら2、3歩後ずさる。

「……私、こんな形でしかお礼できませんけど……見てください」

「お、おいおい！　ここ、外だぞ！」

そして、リョハンが止める間もなく、ボロボロの衣服を手際よく脱ぐ。

彼女の裸体を見て――リョハンは言葉を失った。

「……そ、それは⁉」

それは、あまりにも異様な姿であった。

乳房には、まるで爪《つめ》で掻《か》きむしられたような、無数の傷跡が刻まれていた。転んでできるような傷ではない。

ヒモが通された乳首からは、少し血がにじんでいる。穴を開けられてから、時間が経っていないのだろうか。

身体の至るところに、擦《す》り傷《きず》のような赤いラインが残されている。

下腹部は陰毛が乱雑にむしりとられ、妙な生々しさをリョハンに見せつける。

そして、左右の大陰唇にもヒモが通され、まるで秘裂を綴《と》じるようにくくられている。

むき出しになったその隙間《すきま》からは、白い半透明な液がダラダラと漏れ出している。

――メイファの無惨な、痛々しいはずの姿に、リョハンの視線が吸い寄せられた。

「あぁ……アァン、気持ちイイ……」

熱い眼差しを感じたからか、メイファは乳首のヒモを引っ張り、全身を快楽で震わせる。

彼女の様子の異常さに、リョハンはかすれる声で尋ねる。

「メイファ……キミは一体、どこで何をしていたんだ……？」

するとメイファは、さらに頬《ほお》を上気させて、ウットリと呟いた。

「はぁはぁ……いぢめてもらっていました……」

「…………」

「とても……とても気持ちがよくて、何度も何度もイッてしまって……」

彼女はその場で牝犬《めすいぬ》のように這《は》いつくばり、秘部にくくりつけられたヒモを解く。

「リョハンさん……ここ、触ってください……」

戒めを解かれた秘裂からは、大量の愛液があふれ出し、太股《ふともも》をネットリと濡らした。その淫《みだ》らな光景は、リョハンの理性を徐々に浸食し、股間《こかん》の硬度を高めていく。

「メ、メイファ……」

彼は、別の何者かに突き動かされるかのように、フラフラとメイファへ歩み寄った。

「……さぁ……」

興奮に声をうわずらせ、濡れそぼった秘部を左右に広げるメイファ。

当然のように腰帯をほどき、肉棒を取り出すリョハン。張りつめた肉棒は、愛液に濡れる秘裂にあてがわれたかと思うと、一気に根本まで埋められた。

「あああああっ！」

肉棒が奥まで達すると、それだけでメイファは昇り詰めたような声をほとばしらせた。

そして彼女の膣口《ちつこう》は、受け入れた肉棒をさっそく締めつける。

その感触を堪能しつつ、リョハンは腰を動かし始めた。

「動いてぇ……私を、私をメチャクチャに……ああっ！」

メイファに言われるまでもなく、彼は容赦なく肉棒を突き立て続ける。グチュリという淫らな音が、夜空に吸い込まれていく。

「ああっ！　当たってるの、リョハンさんの……ああっ！　イイッ、もっとぉ！」

絡みつく肉襞――結合部からしたたり落ちる愛液――下腹部に感じる、尻肉と秘陰の柔らかな感触――それら全てが混ざり合って、リョハンの理性を麻痺《まひ》させていった。

大きく反り返ったメイファの背中には、引っ掻き傷に似た赤い線がいくつも見られる。

しかし、今のリョハンにはその傷跡さえも、なぜか綺麗《きれい》に思えた。

血さえ滲《にじ》むその痛々しさが、彼をいっそう興奮させる。

身体の奥から血が沸騰するような昂り。人であることを忘れて、ただ快楽をむさぼるだけの動物に変わっていくような錯覚――。

「はあぁ！　ああん！　あん！　いい！　もっと……もっとぉ！」

メイファが鳴き、そしてリョハンが肉棒を突き入れるたびに、愛液は止めどなくあふれ、淫臭《いんしゅう》が立ちこめる。

果てしなく続くと思われた、獣のような交わりは――ついに、終わりに近付いた。

「ハァッ、ああン！　リョハンさん、リョハンさぁん……ああっ！　あああん！」

肉襞の締めつけがますますきつくなり、肉棒の緊張が限界に達する。

「はぁっ、はぁっ……メ、メイファ……！」

少しでも耐えようと、メイファの肩を強く握りしめるリョハン。

しかし、迫りくる快感の大波の前には、時間稼ぎにすらならなかった。

「……ウアッ！」

彼は腰を震わせながら、メイファの中に大量の精を解き放つ。

「あっ……ああああああっ!!」

同時に、メイファの肩が激しく震えた。彼女の肉壺《にくつぼ》は、リョハンの精を絞り尽くそうと、小刻みな収縮を繰り返す。

刹那的な激しい快感――そして、後に続く緩やかな、安らぎに似た快感――。

やがて、リョハンはつながったままで、メイファの背中に体重を預けた。

「あ……ああ、リョハンさん……」

甘い声で、彼の声を呼ぶメイファ。

その悩ましい唇から――ついに、決定的な言葉が紡ぎ出された。

「……愛しています」

「えっ……？」

リョハンは一瞬、聞き違いを疑った。しかし、メイファはすぐに繰り返す。

「貴方を愛しています……出会った時から、恋い焦がれていました……」

とうとう、告白された――リョハンの脳裏を、驚愕と納得の相反する想いが巡る。

「愛しています……」

「……メイファ、オレは……」

リョハンは何かを告げようとするものの、いい言葉が思いつかず、再び口をつぐむ。

メイファは声を震わせながら、告白を続けた。

「あぁ……貴方と一緒に暮らしている、あの子たちがうらやましい……でも、それ以上に憎い……」

「……え？」

ふと、違和感を覚えるリョハン。単なるヤキモチからくる言葉とは、とても思えない。

「殺してしまいたい……」

「メ……メイファ？」

「そして貴方も殺して、私だけのモノにしたい……」

（――何かが、違う！）

彼の体内に残っていた快感が、瞬時に戦慄《せんりつ》へ取って代わった。

「ずっとそばに、貴方を抱き締めて眠りたいの」

メイファはそう言って、彼に顔を向ける。

虚ろな目、快楽に溺《おぼ》れた忘我の瞳――そう言えば、まだ聞こえがいいかもしれない。

だが、その奥に潜む濁った光は、導士としてのリョハンの警戒心を強く刺激する。

彼はメイファを突き飛ばし、一歩後退して身構える。

ゆっくりと立ち上がったメイファの秘裂からは、リョハンの放った精液がこぼれ出た。

それを指ですくうと、彼女は愛《いと》おしそうに舐《な》め取った。

「リョハンさん、どうしたんですか……？」

「……そもそもキミは、西の都へ出かけてるはずだろ？　一体、何をしていたんだ？」

リョハンの問いに、メイファは嬉々《きき》とした表情を浮かべる。

「いぢめられていました……さっきも言いましたよ？」

刹那――彼女は地を蹴り、リョハンに襲いかかってきた。

目を狙った彼女の突きは、武術の素人とは思えぬほど速い。

リョハンはそれを紙一重でかわし、勢いを利用してメイファを投げ飛ばした。

かなりの勢いで、背中から地面に叩きつけられるメイファ。一般人なら、しばらく動けなくなるほどのダメージを受けているはずだった。

（……ウソだと言ってくれよ）

着衣を直しながら、リョハンは心から祈った。瞬間的にひらめいた予感が、どうしても間違っていてほしかったのだ。

予想は正しかった――残酷なことに。

「フフフ……リョハンさんったら、ひどい人ね」

メイファは何事もなかったように、ムクリと起き上がったのだ。その妖艶《ようえん》な顔に、凍った笑みを浮かべながら。

「……ウソ、だろ……？」

心が、現実を否定しようとした。

しかし、身体が反応する。意識をしたわけでもないのに、構えをとる。

目の前に存在する危機が、導士の防衛本能に語りかけ、身体を動かさせたのだ。

「どうして私の想いを受け止めてくださらないの？」

「メイファ……」

もう、言葉が見つからなかった。彼が何を語りかけても、メイファの心に届くことはないから。なぜなら、メイファは――。

「……あーっ！　先生、何やってるんですか⁉」

突然、背後から聞き慣れた声が飛んできた。

「うひょぉ～っ！　メイファさん、素っ裸アル！　しかも、血だらけアルぅ～！」

「相手が知り合いでも、強姦《ごうかん》は立派な犯罪なのよ」

「……せ、せんせぃ……」

――もちろん、リョハンを尾行しようとやってきた、4人の弟子であった。

「おっ、お前ら！　どうしてここに⁉」

「問答無用アル！　食らえ、ケダモノ～、アルッ！」

仰天するリョハンめがけて、フェイユンの放った匕首が飛んでくる。

それを人差し指と中指で受け止めながら、リョハンはわめいた。

「と、とにかく、お前らは帰れ！」

しかし、弟子たちは師匠の命令を拒否した。

「メイファさんを先生の魔の手から救うまで、帰れるワケないアル！」

「……せんせぃが、こんなことする人だったなんて……」

「先生に人の心が残ってるなら、自首してください！」

「自首なら、死罪にはならないはずよ……」

端から見ればリョハンは、完全に強姦魔である。弟子たちの反応はむしろ、人として当然だったかもしれない。

だが――彼女たちが助けようとしたメイファは、虚ろな笑顔に敵意をほとばしらせる。

「うふふ……貴方たちに、リョハンさんは渡さない……」

そして、4人に向かって飛びかかった！

「へ？」

「アル？」

「ぁ……」

「……ッ!?」

状況が理解できず、弟子たちの反応が遅れる。

「チィッ！」

リョハンは舌打ちしながら跳び、メイファの脇腹に強力な蹴りを浴びせた。

「あぐっ！」

派手に地面を横滑りするメイファ。それを見たフェイユンが、さらに非難しようとする。

「女性に暴力なんて、最低アル……！」

だが、リョハンはこれ以上、時間を無駄にできなかった。

「半人前は引っ込んでろ!!」

「………………！」

初めて見せる師匠の形相に、弟子たちは思わず息を呑む。

それでも何か言おうとしたシアンの舌が、途中で凍りついた。

「だ、だって、メイファさんが……」

「ああ……気持ちいぃ……」

全員の見ている前で、メイファは平然と立ち上がったのだ。

メイファの脇腹を蹴った瞬間、辺りには確かに、内臓のつぶれる音が響いたはず。しかし、メイファは口から血を吐くだけで、ダメージを受けた様子は全くなかった。

「……ど、どぅして……？」

「まさか、先生……！」

「おそらく、お前の想像通りだ、リリカ」

リョハンは唇をかみしめながら、我が身を引き裂く思いで、言葉を絞り出す。

「〝コレ〟はもう、メイファじゃない……〝叛魂操咒〟の術で操られている、〝腐人〟だ」

――死んだ人間や動物に〝呪詛《じゅそ》〟を埋め込み、その身体を自在に操る邪悪な術、〝叛魂操咒〟。

導士は、この術によって操られた動物を〝腐獣〟と、人間を〝腐人〟と称している。

既に死んでいる腐人は、痛みも疲れも知らない。だから骨を砕かれても、頭を吹き飛ばされても、活動を停止することはない。

その代わり、自分の意志は完全に失われている。基本的に、叛魂操咒を施行した術者の言いなりなのである。

当然ながら、腐人との闘いは、生きている相手とは勝手が違う。腐人相手に無策で闘っても、自分の体力だけが減っていき、いずれ隙を突かれて致命傷を負うことになるだけだ。

「だから、修行中のお前たちじゃ、勝ち目がない！　いいから、安全な場所へ……！」

どうにか、弟子たちを避難させようとするリョハン。

しかし――メイファに、それを待つつもりはなかった。

「そんな小娘じゃなくて……私を見て！」

今度は、リョハンに襲いかかるメイファ。鈎爪状《かぎづめじょう》に曲げられた指先が、リョハンの急所を狙って矢継ぎ早に繰り出される。

痛みを感じないメイファの攻撃は、武芸者並のスピードだった。それを必死にさばきながらも、リョハンはなかなか〝覚悟を決める〟ことができない。

「リョハンさん……リョハンさん……あぁ」

メイファが絶えず呼び続けるおのれの名前が、彼に最後の決断を鈍らせる。

（腐人とはいえ、メイファを倒すなんて……くそっ！）

リョハンに打ち込まれるメイファの拳《こぶし》は、既に骨が砕け始めていた。それでもメイファは、全力でリョハンに拳を放つ。

（どうすればいい……どうすれば……！）

徐々に疲労を蓄積しながら、葛藤《かっとう》を繰り返すリョハン。その時――。

「あっ！　ルゥさん、駄目アル！」

突然聞こえてくる、フェイユンの制止の声。

振り返ったリョハンは、驚愕する。〝風〟の呪符――フェイユンが持っていたもの――を手にしたルゥが、自分のところに駆け寄ってきたのだ。

「危ない！　戻れ!!」

叫びながら、彼は当て身でメイファを弾き飛ばし、強引に距離を作った。

「……せんせぃ、コレ……！」

顔色を失いながらも、ルゥは呪符を手渡した。表情を見れば、彼女が決死の覚悟だったことがよく分かる。

「どうして、こんな無茶をする!?」

「あぅ……ご、ごめんなさぃ……」

「それはいいから、オレの後ろに隠れてろ！」

リョハンは呪符を受け取ると、ルゥをかばうようにして構える。

再び立ち上がったメイファは、怒りをあらわにした。

「リョハンさん……どうして、そんな子供がいいの……？　私が、こんなにも貴方のことを愛しているのにッ！」

そして、リョハンに向かって突進してくる。

怒りと嫉妬《しっと》にゆがんだ顔に――リョハンは一瞬だけ、〝生前〟の彼女の優しい笑みを重ね合わせた。それは、最後の決心をするための、儀式。

（メイファ……許せ！）

彼は呪符を構え、一瞬のうちに施行する。

途端に、小さな突風が発生し、メイファの身体を空中へ吹き飛ばした。

「ああっ……リョハンさん……！」

宙に放り上げられ、構えも受け身もとれないメイファ。

リョハンは、彼女の落下地点へ先回りすると――天に向けて、拳を無数に繰り出した。

「鳳斗仙流……〝十崩《じっぽう》〟ッ!!」

氣を乗せた、一発で岩をも砕く拳が、一呼吸の間に十発もメイファに放たれる。

「うぐっ！」

拳の勢いで、メイファの身体が再び宙を舞う。落ちてくる彼女の全身に――リョハンはもう一度〝十崩〟で、まんべんなく氣を叩き込んだ。

数秒後、メイファが音を立てて倒れる。

すかさず、立ち上がろうとしたメイファだったが――様子が、急変した。

「ううぅッ……ああっ、ぐっ、ぐぼッ！　ぐっ……ぎぎごこははは っっ……！」

激しく痙攣《けいれん》を起こし、苦しみ始めたのだ。

「上手くいったか……」

苦々しげに呟くリョハン。彼は、氣を込めた拳をメイファの全身に打ち込むことによって、腐人の偽りの生命の源泉――〝呪詛〟を破壊したのだ。

「腐人を倒すには、骨も残らず灰にしてしまうか……今のように、身体のどこかに埋め込まれた呪詛を破壊するか。このどちらかしか、方法がない。万が一の時のために、しっかり覚えておけ」

リョハンは努めて教師口調で、背後のルゥに語る。そうでもしないと、心の痛みに耐えられそうになかった。だが、

「あああっ！　リョハンさん……どうして……どうしてぇ……」

メイファの断末魔の叫びは、彼の心に直接刃を突き立てる。

「いや……いや……消えるのはイヤ……リョハンさん……リョハンさん……」

（メイファ……）

リョハンの目に、涙がこみ上げてきた。

「……ルゥ、みんなのところに戻ってろ……」

彼がそう呟いた瞬間、メイファは最後の力を振り絞って突進する。

「リョハンさん……せめて一緒に……一緒に死んでぇ！」

「せ……せんせぃ……！」

「さがれ！」

悲鳴を上げるルゥに一喝すると、リョハンはメイファの繰り出した手刀を最小限の動きでかわし、そのまま彼女の動きを封じるように抱き締める。

「……メイファ……」

メイファの肌に、もはや温もりはない。彼女の身体が〝崩壊〟寸前であることを、如実に思い知らされる。

「あぁ……リョハンさん……リョハンさん……」

うわごとのように繰り返すメイファ。その爪が、リョハンの背中に突き立てられた。

「愛しています……愛しています……」

徐々に弱くなっていく声——それに反比例して、強く強く背中に食い込む爪。

焼けるような背中の痛み——それ以上の心の痛み。

「……愛しています……」

たった一言、耳元で繰り返されるメイファの気持ち。

それも——ついに途切れる。

「愛して……い……ま……」

その瞬間、メイファの身体から重さが消えた。

彼女は、その輪郭をおぼろげにさせ、ゆっくりと霧散していった。

かすかな光を残し、夜風に溶け込むように——。

「メイファ……」

もう、リョハンの腕の中には、何も残っていない。

ただ、体臭と爪痕《つめあと》、最後の言葉だけが、彼の身体と心に刻まれた。

「先生……メイファさんは、どうしたアルか……？」

それまで距離を置いていたフェイユンが、恐る恐る歩み寄りながら尋ねる。匕首を投げてきた時の威勢は、既にない。

「消えたよ……これで彼女もゆっくりと眠ることができる」

「どうして、消えるアルか？」

「術の反作用……死んだ人間に、かりそめの命を吹き込んだ代償だ」

叛魂操咒は、〝相剋相生〟の摂理に反した邪悪な術。

その代償は、ただ完全なる消滅のみ――。

ふと、リョハンの耳が、すすり泣く声を拾う。

見ると、リリカが背を向けて、肩をわななかせていた。その両脇では、シアンが困ったようにリョハンを見ている。

リョハンは表情を押し殺し、リリカに言葉をかけた。

「泣いてるのか……？」

「な……泣いてなんか……ヒック……いないわよ……」

普段はクールなリリカの、こらえきれない嗚咽《おえつ》。

あえて聞こえないふりをして、リョハンは続ける。

「叛魂操咒の術をかけられたら、ああなるんだ……自分の意志だけで動くことのできるシアンは、叛魂操咒なんかでは絶対、操られていない……分かるな？」

「………」

リリカは背を向けたまま、小さくうなずいた。

その時、ルゥがリョハンの服のすそを、軽く引っ張った。

「どうした、ルゥ？」

その場でしゃがんで、子供の目線で話すリョハン。

しかし、ルゥの問いは――子供のものとは思えなかった。

「……ゥソでも、好きだって……言ってぁげられなかったですか……？」

「なっ……!?」

「メイファさん……せんせぃのこと、本当に好きだったみたぃです……最期くらぃは、幸せにしてぁげても……」

ひどく大人びたルゥの言葉に、必死でこらえたリョハンの激情があふれそうになる。

リョハンは唇をかみしめて、かすれる声で語った。

「……本当に、大切なヒトだったんだ。だからこそ……ウソはつけなかった……彼女の気持ちをもてあそぶような……ことなど……」

「……せんせぃ……!?」

不意に、頭上からルゥの悲鳴が聞こえてきた。

（あれ？　ルゥの方が背が高いなんて、ありえないはずだが……）

不思議に思うリョハンの耳に、今度はフェイユンの声が届く。

「先生？　くたばったアルか!?」

（なんつー言《い》い種《ぐさ》だ……ってオレ、倒れてるのか？）

その時初めて——リョハンは自分が地面に倒れ伏したことに気付く。

「先生!?　……体温が下がってます！　連れて帰りましょう！」

「……待ってて！　ファンファンを呼んで、先生を運んでもらうわ！」

弟子たちの声が急速に遠のき、意識が闇《やみ》に落ちていく。

ただ、背中の傷だけが、熱い――。


(明るい……夜が明けたのか?)

意識を取り戻すと、少し霞《かす》みがかった視界の中に、自分の寝室の天井が見えた。

リョハンは起き上がろうとするが、手足はおろか、口を動かすことすらできない。

上半身全体が、燃えるように火照っている。背中の爪痕が、しびれるほどに痛む。

(毒でも、回ってきたんだろうか……)

高熱のせいで、思考がまとまらない。半分しか覚醒《かくせい》していない感じだ。

(……それとも、これがメイファの想いなのかな……)

メイファに、何もしてあげられなかった。愛を受け入れることも、一緒に死んでやることも――それ以前に、命を救うことも。背中の痛みとメイファの想いを重ね合わせたのは、リョハンの強い自責の念であった。

ふと、横を見る――とはいっても、重心がずれて、勝手にゴロリと傾いただけだが。

すると、彼の視界を、布巾《ふきん》らしきものがさえぎった。額に乗せられていたものらしい。

「あ……」

すかさず、布巾が取り除かれる。そこに、ルゥの心配そうな顔が見えた。どうやら、リョハンの看病をしているようだ。

その時、フェイユンの声が聞こえてきた。

「ルゥさん、そろそろ代わるアル」

「……ぁ、はぃ……ぁりがとぅござぃます……」

「先生、どんな感じアル？」

「……少しは、落ち着ぃたみたぃ……です……けど……」

「……熱は、まだ下がらないアルか……」

フェイユンは嘆息しながら、水に浸していた替えの布巾を絞り、リョハンの額に乗せる。

「全く、相変わらず世話をかける男アルねぇ」

「私たちも……せんせぃに世話を……かけてますし……」

「でもまぁ、恩はこーゆー時に売っとくものアルからね」

「……それじゃぁ、せんせぃをぉ願ぃします……」

「任せてアル。それから、食堂に昼御飯を用意してあるアルよ」

「はぃ……ぁりがとぅござぃます……」

ルゥは頭を下げると、部屋を後にした。

「さて、と……」

二人きりになったことを確認すると、フェイユンはリョハンの顔を覗《のぞ》き込む。

（そ、その着ぐるみの顔で迫られると、かなり怖いぞ……）

軽く怯《ひる》むリョハンに、彼女はいきなり放言する。

「先生もヒドイ男アルねー。フェイユンたちを怒鳴ったり、リリカさんを泣かせたり……」

（……むちゃくちゃ言われてるなぁ。それに、リリカが泣いたのって、オレのせいか？）

彼女の言葉に納得いかないリョハン。殺意がわかないのは、高熱のためか。

しかし――。

「それに、泣きたいなら、素直に大声で泣けばいいアルのに……」

（……えっ？）

今まで聞いたことのないフェイユンの語調に、リョハンは軽くドキリとした。

「フェイユンたちの前だからって我慢するなんて、水臭いにも程があるアル……」

――リョハンには揚げ足を取ったり、茶化したりばかりしているフェイユン。

しかし彼女は、兄弟弟子にはとても気さくで、細やかな心配りを見せる一面も持ち合わせていた。おそらくは、それが本来のフェイユンの性格なのだろう。

「それに、泣く時にはちゃんと泣いた方が、メイファさんの供養にもなるアルよ」

そんな〝素顔〟のフェイユンの姿に、リョハンの胸は熱くなった。

「……とにかく、早く良くなるアル。先生が元気じゃないと、つまらんアルよ。教えてもらってないことも、たくさんあるアル」

(フェイユン……ありがとう)

心の中で呟きながら、リョハンは意識を眠りへと落としていった。

(そうだな。早く身体を治して、元気にならないとな……)


——次にリョハンが意識を取り戻した頃、東の空はゆっくりと白み始めていた。

「イテテ……寝過ぎたからか……」

痛む頭を手で押さえ、彼は少しだけ身体を起こす。その行動自体が、彼の回復ぶりを示してはいたのだが——。

「前に意識があった時って、確か昼頃だったよな? オレ……あれから一晩中、うなされてたのか」

自らが受けたダメージの大きさに、改めて驚かされるリョハン。

ふと、ぼやけた視界の中に、人の頭が映った。

「……ルゥ」

見ると、ルゥがリョハンの布団にもたれかかって、うたた寝をしている。

ルゥだけではない。周りを見ると、狭い彼の部屋の中で、他の弟子もさまざまな格好で

眠っていた。看病疲れで、そのまま眠ってしまったのだろう。

「みんな……無理しやがって……」

その光景を見ながら、リョハンは目頭を押さえるのだった。

〝メイファの村を野盗から護《まも》りたい〟――最初は、そんな思いで始めた道場だった。

だから、メイファとの永遠の別れによって、道場を運営する当初の理由はなくなった。

しかし――自分には、これほど献身的な愛弟子《まなでし》たちがいる。

彼女たちを残して道場をたたむことなど、もはや考えられなかった。

「早く一人前にしなきゃな……こいつらも……オレ自身も」

そう呟くと、リョハンは再び枕《まくら》に頭を沈め、目を閉じた。

「次に目を覚ましたら、さっそく修行を再開するか……！」


それから、月日は流れた――。

第4章　リリカ

「ひょえぇぇぇぇぇぇっ！　おっ、おびき寄せたアルよ～っ！」

夜空に、フェイユンの奇声が吸い込まれた。

彼女はいつもと変わらぬ表情のまま――中身の表情は不明だが――リョハンとシアンに向かって全力で走る。

その後ろから――10頭近い猪《いのしし》の〝腐獣〟が、猛然とフェイユンを追いかけていた。

「アレを全部、一気にですか……？」と、シアン。

「お前らの師匠をナメるなよ」

リョハンはニヤリと笑いながら、〝火〟の呪符《じゅふ》を数枚取り出した。

「イメージするのは、激しく雄々しい炎の塊だ……フェイユン、早く！」

「言われなくても、逃げ込むアルよぉ～！」

どうにかフェイユンは、猪に追いつかれる前に、リョハンたちの後ろへ逃げ切ることに成功する。

すかさずリョハンは、短く叫び、呪符を前方へ飛ばした。

「爆《は》ぜろ！」

次の瞬間――呪符は炎の塊に変化して、猪たちを呑《の》み込んだ。

激しく爆ぜる炎は、腐獣と化した猪を骨ひとつ残さず焼き尽くし、施された〝叛魂操咒〟の呪詛《じゅそ》を無効化する。

「これで、一網打尽だろ……ん？」

安心しかけたリョハンは、ふと眉《まゆ》をひそめる。

かろうじて炎の攻撃を免れた猪が1頭、炎に臆した素振りも見せず、リョハンたちに向かって突進を続ける。野生の獣が火に怯《おび》えない――その一事だけでも、〝腐獣〟である証拠は充分といえた。

「……呪符の枚数が足らなかったな」

「ノ、ノンビリしてる場合じゃないですよ～！」

かたわらのシアンが、緊張の面持ちを崩さずに叫んだ。

そんな彼女に、リョハンは課題を出す。

「今のお前の実力でも、アイツなら〝土〟の呪符1枚で片付けられるぞ。やってみろ」

「……えぇ～っ、私がですかぁ!?」

「ヒントは、猪。奴ら、まっすぐ突っ込んでくるしか能が、ないだろ？」

「まっすぐ……アッ、分かった！」

シアンは両手をポンと叩《たた》くと、〝土〟の呪符に氣を込め、地面に叩きつけた。

「……ハッ！」

その瞬間、猪の進路に突然、大きな穴が出現した。

〝よける〟ということを知らない猪の腐獣は、そのまま自ら穴へ落下していく。

「よし、正解だ」

満足げな笑みを浮かべて、シアンにうなずきかけるリョハン。

「術を施行するまでの時間も、前に比べたら格段に向上してるぞ」

「あ、ありがとうございます！　先生のヒントで、どうにかできました！」

師匠の高評価に、嬉《うれ》しそうに頭を下げるシアン。

そんな二人に——フェイユンの疲れ切った一言が飛ぶ。

「ハァ、ハァ……一気に退治しそこねるなんて、先生も修行が足りないアルなぁ……」

「……それだけ疲れてても、減らず口は叩けるんだなぁ」

むしろ、感心してしまうリョハンであった。


——メイファがこの世を去って、半年。

道場を取り巻く環境は、かなり変化していた。

変化のきっかけは、腐獣や腐人が頻繁に出現するようになり、夜には外出することすらできない危険な村となったこと。

これによって、夜警の重要性と危険性が飛躍的に増大した。野盗退治が主だった頃とは違い、呪符の携帯はリョハンにとって、必須《ひっす》となっていた。

また、皮肉なことに、腐獣や腐人が現れるようになったことで、道場の存在意義が生まれた。道場を開いた頃は、〝余所者《よそもの》が勝手に作ったハーレム〟という捉《とら》え方をする村人も少なくなかったのが、今のリョハンたちは村の用心棒として、多くの村人に信頼されるようになっていた。

最大の変化は、弟子が二人ずつ持ち回りで、夜警に同行するようになったことだ。これは、弟子たちが厳しい修行に耐え、充分〝導士見習い〟と呼べるくらいに成長したからこそ、できることであった。

ただ、弟子たちを夜警に同行させることは、ささやかなデメリットを生んだ。

呪符の不足である。

弟子たちはまだまだ一人前の導士にはほど遠く、どうしても呪符の効率的な使い方ができなかったのだ。

そのため、呪符はすぐに足りなくなる。そして、不足する呪符は、リョハンが自作できるものばかりではない。

そこで、リョハンはたびたび街へ出て、呪符を購入することになった。しかしそれは面倒な用事であると同時に、同業者と情報交換する貴重な機会を彼に与えた。

――この日、リョハンが訪ねた高名な導士は、深刻な噂《うわさ》について語った。

「キミは、この地方で起こっている事件の話を聞いたかい？」

「……腐人とかのことですか？」

「うむ。このところ小さな村が、順に壊滅していてな」

「壊滅？　村を放棄して他の土地に移った……とかじゃなくですか？」

「壊滅なんだよ。腐人や腐獣が一夜のうちに、一気に雪崩《なだ》れ込んでくるそうだ」

「……被害はヒドイんですか？」

「ひどいよ。なんせ、壊滅した村の住人が、そのまま腐人になっちゃうからね。時間が経つほど雪だるま式に、被害の規模が大きくなるってことだ」

にわかには信じがたい話に、リョハンは耳を疑う。

「まるで、〝西の災厄〟ですね」

西の災厄――二百年前に起こった、国を揺るがす大事件のことである。

たった一人の大導士が腐人と腐獣の軍団を操り、西の方から順に侵攻してきて、村という村、街という街を破壊していった。詳細が、あらゆる文献に書き記されていることから、この事件は伝説ではなく、実際にあった史実とされている。

――その呼称をリョハンが呟《つぶや》いた途端、導士は声を低くして言った。

「それがね……今回の腐人たちも、西の村から順に襲ってきているんだよ」

「まさか……」

驚くリョハンに、彼は忠告する。

「〝西の災厄〟の再来かどうかは分からんが……まあ、腐人の数が増えてきたら、早めにその土地を離れることだね」

（本当に〝西の災厄〟の再来だとしたら……メイファを殺して腐人にしたのも、そいつなんだろうか？）

帰りの道中――リョハンは終始険しい表情で、自問を繰り返した。

（だとしたら、メイファの仇《かたき》を討つチャンスなんだろうか？）

無論、答えは出ない。しかし、メイファを自らの手で〝消滅〟させなければならなかった無念を、彼は片時も忘れたことがなかった。

その無念を晴らすチャンスが巡ってきた時、自分はどうすればいいのだろうか――？

（少なくとも……最悪の事態に備えて、修行のピッチを上げる必要があるかもしれんな）

街の導士に分けてもらった試作品の呪符――対叛魂操咒用の超強力呪符――を見つめながら、リョハンはキリのない思考を打ち切った。

「ただいまー。真面目に修行してたかー？」

——道場に帰り着くと、中庭ではシアンとルゥ、リリカとフェイユンが、それぞれ組手を行っていた。

「エイッ！」

「ふっ……！」

「ハッ！」

「アル～ッ」

「おー、やってるやってる」

満足げにうなずきながら、リョハンは庭石に腰を下ろす。

端から4人の闘いぶりを眺めていると、それぞれの特徴がよく分かった。

シアンは符術と武術をバランスよく習得しており、両者を組み合わせた戦法を好んで使う。

「……爆ぜろ！」

今、〝火〟の呪符で炎の弾を放ったのも、ブラフでしかなかった。

彼女は、ルゥが炎の弾をよける時の動きを予測すると、先回りして蹴《け》りを放った。

「やぁっ！」

「……ッ」

その蹴りを、かろうじて両腕でブロックし、必死に距離を取ろうとするルゥ。

「逃がしません！」

すかさず、2発目の炎の弾を放つシアン。1発目よりも大きいところを見ると、最初から2発目で仕留めるつもりだったのだろう。

しかし――炎の弾は、ルゥにかすりさえしなかった。

ルゥが懐から〝水〟の呪符を取り出したかと思うと、次の瞬間には道場の塀よりも高い〝水の壁〟が、炎の弾の行く手を阻んだのである。

（やっぱり、符術の威力だけなら、ルゥは完全に見習いの域を超えてるな）

しきりに感心するリョハン。が、その表情がやや曇る。

「えーっ、そんなに大きな壁が、一瞬でですかぁ⁉」

唖然《あぜん》として壁を見上げるシアンに、ルゥはなぜか、

「あぅ……す、すみません……」

と、謝ったのだ。導士としてのルゥの課題は、この性格であった。

一方、リリカとフェイユンは、どちらも呪符を使っていない。武術に限定しての組手のようだ。

「えいっ！　ハッ‼」

「お〜、アルッ！」

互いに、ギリギリのところで相手の攻撃を見切ってかわす、なかなか白熱した組手。

中でも、リリカの動きは相変わらず素晴らしかった。かつて指摘した〝綺麗《きれい》すぎる型〟も、今では完全に克服している。

「ハッ！」

彼女の鋭い蹴りがフェイユンの側頭部を襲う。それをフェイユンはギリギリでかわすが、そこにどうしても隙《すき》が生じてしまう。

「おりょ⁉」

「……ヤッ‼」

その隙を見逃さず、リリカはすかさず間合いを詰めて、踏み込みとともに拳《こぶし》を繰り出す。

だが——体勢を崩したフェイユンは、そのまま手で、リリカの踏み込んだ足を打ち払った。

「なっ……⁉」

勢い余って、そのまま横転を余儀なくされるリリカ。そこにフェイユンが馬乗りの形にまたがり、顔面に正拳を繰り出した。

「……そこまでっ！」

おもむろに組手を止めるリョハン。

鼻面の直前で止まったフェイユンの拳を見つめ、リリカは軽くため息をつく。

「ふぅ……相変わらずフェイユンは、意表を突いた手を使ってくるわね」

「やったアル～！　リリカさんに武術で勝ったアル～！」

フェイユンは、奇妙なステップで喜びをあらわす。

「リリカさんに勝つなんて、大したもんですねー」

「すごぃです」

シアンやルゥにもほめられて、彼女はいかにも得意げに宣言する。

「ふふふ、これからは〝拳王フェイユン〟と呼ぶアル」

そんな雰囲気に、リョハンはアッサリ水を差した。

「で、今日のハンデは？」

「右手と右足を攻撃に使わない、よ」

「あああっ！　リリカさん、バラしちゃダメアルよぉ～！」

「慌てるな、バラされなくても分かる。武術でリリカが負けるのは、ハンデ戦以外にあり得ないだろうが」

「だう～……先生、フェイユンと勝負するアルよ！　ハンデとして、こっちは武器を使うアルー‼」

不服そうにフェイユンが叫ぶと、リョハンはニヤリと笑った。

「オーケー、じゃあ今から始めるか……もちろん、ハンデ戦でオレが本気出しても、文句はないよな？」

「はうっ……」

フェイユンが硬直したその時、パンダの咆哮《ほうこう》が道場に響き渡った。

「バウッ、バウッ、バウゥ〜ッ！」

「……夕食の準備ができたみたいよ、先生」

「なんだ、今日の食事当番はファンファンだったか」

リョハンは庭石から腰を上げ、台所へ向かう。

「じゃあ、組手はここまで。ファンファンのおかげで命拾いしたな、フェイユン」

「い、命拾いしたのは、先生の方アルーッ！」

——そんな負け惜しみを言っておきながら、夕食後はファンファンの後片付けを手伝うフェイユンであった。


『先生……』

『ど、どーしたシアン？　裸じゃないか！』

『お願いです……先生の……を、ください……』

『ま、待て！　オレたちは師弟だぞ⁉』

『クスッ、それ以前に……私たち、男と女ですよ？』

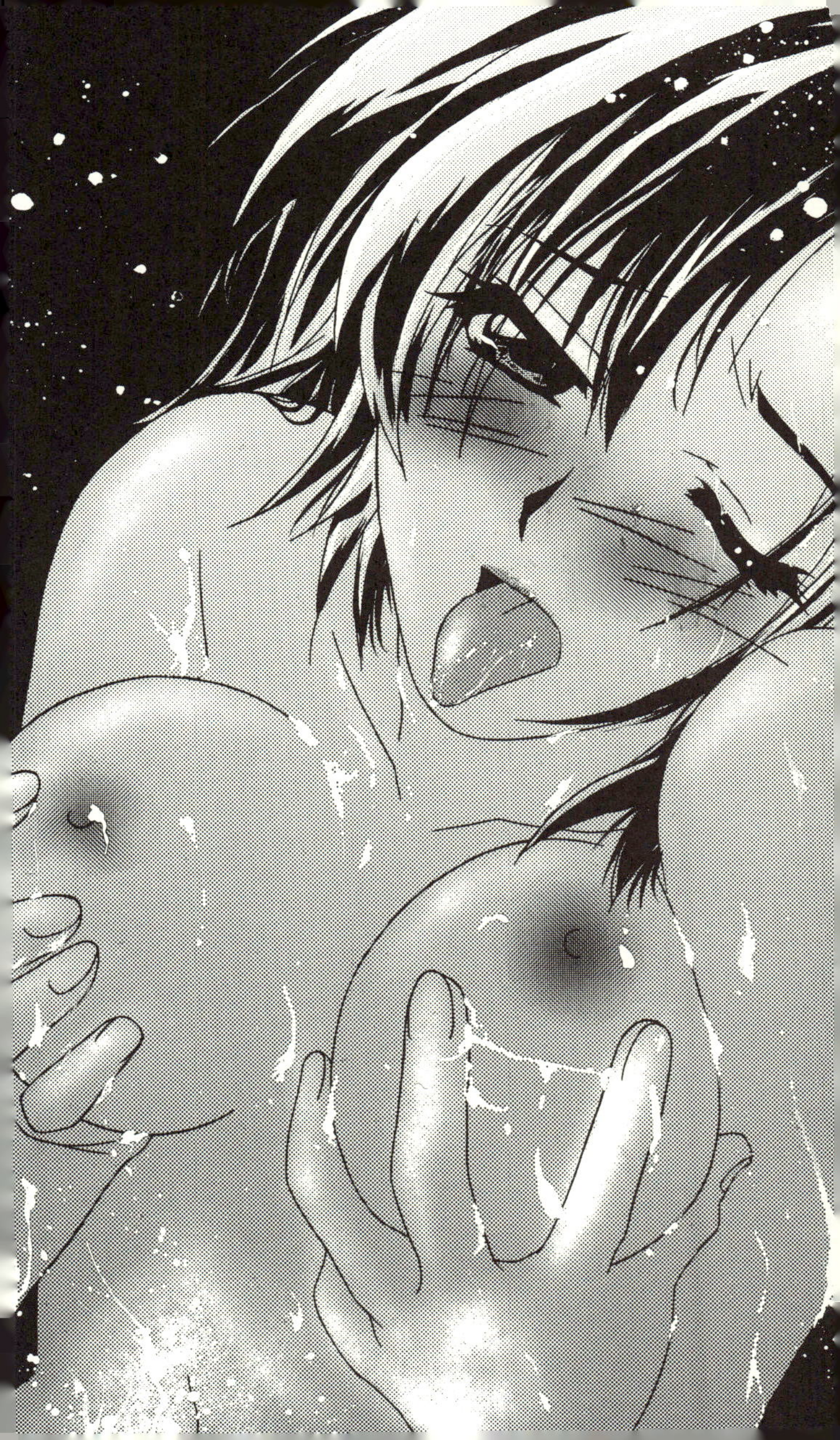

『そりゃそーだ……って、納得するると思ってるのか⁉』

『でも、先生の……もう、カッチンコッチンです』

『そ、それは、男ってのは理性と無関係に、こーなるモンなんだよ！』

『だったら、イイじゃないですか。ここから先は、理性と無関係に……ね？』

『……イヤイヤイヤ、いかんいかん！　それはダメだ！』

『それって、私が死人だからですか？』

『お、お前、そーいう卑怯《ひきょう》な追いつめ方はやめろ！』

『じゃあ、せめて口と胸で……それくらいなら、いいですよね？』

『えっ、口と……胸⁉』

『あら……先生、胸でしてもらったこと、ないんですか？』

『いや、まあ……メイファは胸が小さかったからなぁ……』

『……はい、どうですか？（ぷにゅっ）』

『うおっ！　こ、この、マシュマロみたいな感触が、サオを包み込んで……！』

『じゃあ、いただきますね（チロチロチロ……）』

『おおおおっ！　気持ちいい……けど、ダメだよシアン！　ダメだけど……さ、先っちょが舌先で刺激されて……うおおっ！』

「……きるアル。起きるアルよ、先生」

「う～ん、ダメだよ、シアン……うあっ⁉」

目を開けた途端、フェイユンは思わず息を呑んだ。

彼の顔の至近距離に、リョハンの顔のどアップがあったのだ。

「何を寝ぼけてるアルか？　もう、朝御飯の用意ができてるアル」と、フェイユン。

「シアンさんの癒《いや》し系の魅力と、フェイユンの匂《にお》い立つような女の魅力とは、タイプが全然違うアルよ」

「き、着ぐるみの上から分かるもんか、そんなモン……はうっ！」

文句をつけようとするリョハンの動きが、いきなり止まった。

それに気付かないフェイユンは、ベッドのシーツの盛り上がっている部分をつかむ。

「ところで、ベッドの中に何を持ち込んでるアルか？　なんか、茶筒っぽいアルけど……」

リョハンは、こわばった声で一言。

「フェ、フェイユン……ヒトにモノを尋ねる時は、握ってるモノを放しなさい……」

「ほえっ？」

フェイユンは一瞬意味が分からず、首をひねり、自分の握っているモノをシーツ越しに見つめ、それがリョハンの股間《こかん》辺りにあることに気付き——。

「……いやぁぁぁぁぁぁぁぁぁぁぁっっっっっっ‼」

そして——道場中の空気が震えた。

「こ、鼓膜が……」

数分後、両耳を押さえたまま台所に現れたリョハンは、席に着きながら消え入りそうな声で呟いた。

「何かあったんですか？」

「壁が振動で震えてたわよ」

「……ビックリしました……」

他の弟子たちが怪訝《けげん》そうな顔をする中、フェイユンはひとり野菜炒めに箸《はし》をのばしながら、言い捨てる。

「フン、あんなえげつないモノを握らせるからアル」

「握ってくれなんて頼んでない……」

弱々しく反論を試みるリョハン。

「それに、朝立ちは男の生理現象だから仕方ない……」

「食事中」

不意に、リリカがピシャリとさえぎった。

「それに、子供の前」

「あっ……」

言われて初めて、リョハンはルゥの視線を感じ取った。

「……立ったんですか……」

キョトンとした表情のルゥに、彼は答える言葉が見つからず、赤面してしまう。

そこへ、リリカが助け船を出した。

「西の空に雲が多いから、夕立が降るとでも言いたいんじゃない？」

「え、あ、ああ、そーなんだよ、だから今日は、午前中に組手をすませてしまおうな！」

（な、情けな〜っ）

言い繕いながら、リョハンは自己嫌悪に陥った。


——本当に夕立が降った、この日の深夜。

夜警もすませ、みんなが寝静まった頃、リョハンはベッドの枕元《まくらもと》にティッシュを用意した。

「さすがに、弟子にパイズリしてもらう夢まで見るとは、思わんかったからなぁ……」

朝のことを思い出し、後悔の念にひたるリョハン。

あの、恥辱モノの出来事で分かったのは——自分がいかに、〝溜《た》まって〟いるかということ。

メイファがいなくなって以来、リョハンは禁欲的な生活をここまで続けてきた。

自分では意外と我慢できると思っていたのだが——女に囲まれての道場生活に、彼の本能が音を上げ始めているようだ。

弟子相手に発情するワケにいかないとなると、やはり自分で処理するしかない。

「……よし」

意を決したリョハンは、緊張で乾く唇を舌で潤しながら、腰帯を解いた。

(ネタこそないが……想像力で充分!)

そして目を閉じ、闇《やみ》に落とした視界の中で、女性の身体を想像する。

やがて、彼のモノはジワジワと膨張していく。

それが一定の硬度をもったことを確認し、いよいよ右手で握りしめた、その瞬間——部屋の扉が、静かに開いた。

「あっ……」

時が、そして空気が凍りつく。

愕然《がくぜん》と顔を上げた先には——リリカが硬い表情で立っていた。

(かっ、鍵《かぎ》かけるの、忘れてたぁーっ!!)

——後悔、先に立たず。

額から後頭部まで鉛玉でぶち抜かれたような衝撃に、リョハンの〝猛り〟は空気が抜けたようにしぼんでいった。

「…………」

リリカの目が、スッと細くなる。

それをきっかけに我を取り戻したリョハンは、なるべく平静を装って、着衣を戻す。

そしてまた、沈黙――。

永遠にも感じられた数秒間の後、リリカは疲れたように息を吐いた。

「情けない……」

「あぐっ！」

リョハンは、のどの奥だけでうめいた。

「壁一枚へだてた向こうで自慰にふけっているなんて、思いもしなかったわ」

「…………」

言い返す言葉など見つかるはずもなく、肩を震わせながら視線を床に落とすリョハン。

彼はもはやあきらめの境地で、リリカの罵倒《ばとう》や侮蔑の言葉を待った。

「……いいよ」

「えっ？」

全く予想外の言葉が、頭の上から聞こえてきた。

怖々とリリカの表情を覗《のぞ》き見ながら、リョハンはそっと尋ねる。

「いいよって……何が？」

リリカは、淡々と答えた。

「私なら、いいのよ」

「私ならって……えっ？」

不意に言葉の真意に気付き、リョハンの顔に狼狽《ろうばい》の色が浮かぶ。

「だって、それって……ええっ⁉」

「……だから、溜まってるんでしょ？　私が相手してあげるって言ってるの」

リリカはハッキリ告げると、部屋の扉に鍵をかけた。

ガチャリという音に、リョハンはビクリと身体を震わせる。今朝とは別の夢を見ているんじゃないだろうかと、自分の頬《ほお》をつねってみる。痛い。

「え、と……その……なんで？」

「大変なんでしょ、男は……」

「ま、まあ……大変って言えば、大変だけど……おいおい！」

思わず、小さく叫んでしまうリョハン。リリカが何のためらいもなしに、服を脱ぎ始めたのだ。伸びやかな脚を目の当たりにして、リョハンの心臓が早鐘を打つ。

「私じゃ勃《た》たないって言うなら、仕方ないけど……」

「い……いいのか……？」

「イヤって言ってほしいの？」

慌てて首を横に振りながら、彼はのどの奥がカラカラに乾いていくのを自覚した。

（ダ、ダメだ……これは断れない……オレには、ぜったい断れない……！）

ついに胸をあらわにすると、リリカは低い声で一言。

「何してんの。先生も早く脱ぎなさいよ」

「ハ、ハイッ……その……よろしくお願いします」


「んっ……」

背後から、乳房をすくい上げるように揉《も》み始めると、リリカは小さく声を漏らした。

リョハンは、彼女の乳首を優しく指でつまみ、微妙な力加減でこねてみた。すると乳首は、ゆっくりと大きく、そして硬くなってくる。

「っ……あっ」

「……リリカのそんな声って……なんかイイな」

首筋に舌を這《は》わせ、乳房を包み込むように揉みしだき、ゆっくり乳首をこするリョハン。

そのうち、リリカの肌はしっとりと汗ばみ始め、掌《てのひら》に馴染《なじ》むように吸いついてきた。

「普段は聞けない声だから、新鮮だ……すっげー興奮してくる」

「バ、バカ……あン……」

「とか言いながら、気持ちよさそうだけど……？」

「は……ン、あっ！」

少し強めに乳首をつまむと、リリカはビクンと背筋を伸ばした。

そして、リョハンを振り返って、あきれたようにささやく。

「き……気持ちよくなかったら、こんなこと……しないわよ」

いつもと同じく、あきれたような口振り。しかし、上気した頬と潤んだ瞳《ひとみ》で言われると、そのなまめかしさはリョハンの想像を絶するものとなった。

「じゃあ、もっと声を聞かせろよ……」

「それは……先生次第……んあっ！」

リリカの言葉をさえぎるように、彼はそっと秘部に触れた。指先に、チュク——と、濡れた感触。

「感じてるみたいだな」

「……バカ」

リョハンは、熱くなった肉襞の合わせ目に指を這わせ、円を描くように動かした。

リリカは耳まで真っ赤にしながら、それでも声をかみ殺そうと、肩を震わせる。しかし、包皮の上から肉芽をこすられると、思わずカクンとひざを折った。

「んっ……あぁっ！」

「……結構、感じやすいんだな」

軽口を叩きながら、リョハンはリリカをそっとベッドに横たえ、胴着を完全に脱がせた。

「……意外ね」

ふと、リリカが呟く。

「意外？　何が……？」

「先生って……優しく抱くのね。もっと乱暴かと思ってた……」

「失敬なヤツだな。組手と一緒にするな」

リョハンは、彼女をそっと抱きしめながら、濡れた膣口《ちつこう》に肉棒の先端が当たるように腰を動かした。

「じゃ、いくぞ……」

そして、リリカがうなずくのを待ってから——腰を前に進ませた。

「あっ、ああっ！　ハァ……あっ！」

押し殺しきれないあえぎ声が、リリカの口から漏れ出した。代わりに、彼女の肉襞はリョハンを離すまいと、力強く締めつける。

（くっ……コレは凄《すご》い……！）

締めつけをしばらく堪能してから、リョハンは腰を動かし始める。

彼の目の前で、形の良い乳房が、動きに合わせて大きく揺れた。

「はぅ……ンッ！　あっ、ああっ！　ハァ、ハァ……ああっ！」

リョハンがむき出しの肉芽を指でこすると、リリカは快楽の熱い吐息を漏らした。

肉と肉のこすれ合う、淫《みだ》らな音が部屋を埋める。

熱い柔肉に包まれ、そして絞り上げられる快感に、リョハンは何度も腰を震わせた。

彼が深々と身体を貫くたびに、リリカはひときわ大きな声を上げた。

「ハァ……あっ！　あンッ！　ああっ、ああンッ！」

昂る声に腰の動きも速まり、絶頂のきざしが見え始める。

その時——リリカは告げた。

「せ、先生……あ、ン……中に、いいよ……」

「えっ……でも、それは……」

「ああっ……今日は大丈夫、だから……はぁっ！」

同時に、彼女はリョハンの精を欲して、細かく収縮を繰り返す。その強烈な刺激に、リョハンは一気に限界を迎えた。

「……い、いくぞ……」

「ああっ、あっ……き、来て……アアアア……」

「……クッ！」

「アア……アアッ！」

滑る肉襞をかき分けて、リョハンは大量の精をリリカに解き放つ——。


「子供の頃に、腐人に襲われたことがあるの」

「えっ……!?」

突然の独白に、リョハンはベッドに横たわったまま、リリカの横顔を凝視した。

リリカは気怠《けだる》そうに天井を見つめ、さらに衝撃的な告白をする。

「襲ってきた腐人は……私の両親だったわ」

「…………！」

「あの日……私をかばって、目の前で腐人に殺されて両親が……そのまま腐人になったの」

「リ、リリカ……」

胸や首から血を流した両親が、自分を殺そうと近付いてくる——リリカの恐怖と哀《かな》しみは、察するに余りある。

「お父さんに首を絞められた時……ファンファンが現れて、お父さんをはじき飛ばして、助けてくれたの……」

「どうして、ファンファンが……？」

「ファンファンもね……母親だったの。ファンファンの巣に連れていかれたら……奥で、子供のパンダが死んでたわ。たぶん、病気だったんだと思う……」

親を失った人間と、子を失ったパンダ——新しい〝母娘〟はその後、ひたすら強さを求めて、各地を放浪したという。

「あの時は、逃げることしかできなかった自分が悔しくて……だから、私は強くなりたかった。もう二度と、逃げたくなかったの……」

「……強くなれそうか？」

ポツリとリョハンが尋ねると、リリカは彼に顔を向けて答えた。

「分からない……先生ほど、私が強くなれるかどうか……」

「控え目だな。素質はオレより上だぞ？」

「でも先生は、メイファさんと闘って、天に帰してあげたわ。強くないと……本当に心が強くなければ、あんなコトできないと思う……」

「そうか……あの時は、お父さんやお母さんのことを思い出して、泣いていたのか……」

神妙に呟くリョハン。リリカは、彼に倒されたメイファに、両親の姿を重ね合わせていたのだろうか——。

「……ありがとう。初めてヒトに聞いてもらって、少しラクになったわ」

そう言うと、リリカはベッドから降り、服を着始めた。

「また先生が〝溜まって〟きた頃に、お邪魔するわ」

「こっ……こらこら！　師弟でこんなコト常習化して、どーすんだ！」

そして、うろたえるリョハンに、大事な一言を付け加える。

「その代わり……組手の時に、変な気を回して手を抜いたら、絶対許さないから」

「……うぬぼれるなよ。オレが組手のたびに本気を出してたら、お前ら全員、もう生きていないぞ」

しかめ面を作ってから、リョハンは語調を改めて言った。

「大丈夫……お前は強くなる。子供の時の悔しさを忘れなければ、な」

「……おやすみなさい」

リリカは薄く、しかし優しく微笑《ほほえ》むと、扉を開けて引き上げようとした。

ふと、リョハンは慌てて彼女を呼び止める。

「ま、待った！」

「何？」

「その、なんだ……〝よかった〟か？」

「……バカ」

第5章　フェイユン

「朝食を作ってるのかと思えば、こんな所で……」

「昨日の夜警の疲れが、残ってるんじゃない？」

「……気持ちよさそうです……」

庭の片隅にたたずみ、リョハンたちは何とも言えぬ表情で、足許《あしもと》を見つめた。

そこは、〝紫苑〟と呼ばれる小さな花が群がって咲いている花壇。

紫苑の花に囲まれて——シアンが静かな寝息を立てていた。

「ｚｚｚｚ……」

この花壇はもともと、花好きのシアンが世話をしている。

『この子たちを見ていると、私の代わりに成長してくれているような気がして、嬉《うれ》しくなるんです』

花壇を作った時、彼女はこんな話をリョハンに聞かせていた。

『最初は小さな小さな種でも、土の温もりと水の恵みに包まれて、芽を出して葉をつけて茎を伸ばして……最後には花を開かせる。なんだか、人の一生と似ていませんか？』

（シアンは自分が死んでるから、『私の代わりに』なんて表現を使ったんだろうが……）

——紫苑の芳香をかぎながら、リョハンはわずかに微笑《ほほえ》んだ。

（死人の業を背負いながら、生きている人々のために導士を目指している……お前も充分、成長してるじゃないか。そのうち、大きな花を咲かせることもできるさ）

彼の物思いを、リリカが台無しにする。

「こうして見てると、花葬されているみたいね」

「……どーしてお前は、そう物騒な連想をする？」

「それよりせんせぃ……シアンさんの下敷きになってるお花さんたちが、かわいそうです」

「そ、そうだな。花を踏みつぶすのはシアンの本意でもないだろうし、そろそろ起こすか」

リョハンはしゃがんで、シアンの肩を揺する。

「おい、起きろ……今日はお前、食事当番じゃないのか？」

「ぁ……ん、ダメ……先生ッ、ハチミツなんて塗っちゃ……」

「ハチ……!?」

とんでもない寝言に、思わずのけぞるリョハン。

振り返ると、ルゥとリリカがいつの間にか、彼から距離を置いていた。

「……ベトベト、ぃゃです……」

「多趣味ね……」

「ぬ、濡れ衣だっちゅーに」

世にも情けない声を上げるリョハンの背後から、再びシアンの寝言。

「あっ、そんな……先生のにもハチミツを……ン、んぐ……」

「……ぁまそうです……」

さらに引いてしまうルゥ。

一方リリカはあきれ果てた表情で、生々しすぎる台詞を呟《つぶや》く。

「やってほしいの？」

「……起きろ、コラァ！（ドスゥッ）」

「ぐひょっ！」

リョハンはシアンのみぞおちに拳《こぶし》を叩《たた》き込み、強引に起こす。彼女が寝ているだけで、どんどん自分が破滅していきそうな錯覚にとらわれたようだ。

シアンはみぞおちを押さえながら、ようやくゆっくりと上体を起こす。

「……ん？　ここは……天国？」

「……まだ天国に行くのは早いです……」

「私たちまで勝手に殺さないで」

みんなのツッコミを受けて、彼女は不思議なことを言い出した。

「よかったぁ……私、戻ってこれたんですね」

「戻ってこれた……？」

「不思議な夢を見たんですよ。目の前に川があって、その向こうにお花畑が広がって……そっちに行こうとしたら、太陽が呼んでくれたんです、〝目を覚ませー〟って」

「…………」

「今にして思えば、あのお花畑はたぶん、天国だったんですよね」

「……呼んでもらえて、よかったわね」

やや鼻白んでリリカが応《こた》える一方、リョハンは腑《ふ》に落ちない思いでいっぱいだった。

(どーしてその夢で、あの寝言が出てくるんだ⁉　ワザとじゃないだろーな？)

「……ぁの、シアンさん、お花さんたちが……」

ふと、ルゥが控え目に指摘する。もちろん、彼女が指差す先には、シアンが踏み倒している紫苑の花が。

「えっ……ああっ！　誰がこんなひどいコトをっ！」

「お前だ、お前」

「……あ、ホントだ。ああああ、ごめんなさい～」

慌てて花壇を飛び出すと、シアンは倒れた花を一本一本丁寧に起こしていった。

リョハンは、軽く肩をすくめながら尋ねる。

「ところで、食事当番がどうして、こんな所で転がっていたんだ？」

「暇になっちゃったんで、ここで花を眺めてたんです」

「ヒマになった……？」

「フェイユンさんが当番を代わってくれたんです、『今日はフェイユンに秘策があるアル』って」

——ものすごく、イヤな予感がした。


「フェイユン！　一体、何をたくらんで……うわっ！」

台所に怒鳴り込もうとしたリョハンは、入口で叫びながら鼻を押さえた。

（……なんだ、この異臭は!?）

そこへ、フェイユンの自信満々の言葉が返ってくる。

「見て分からないアルか？　料理アルよ」

彼女は、グツグツと音を立てる鍋《なべ》の前に立ち、木の棒で中身を混ぜている。その姿と台所に充満する刺激臭で判断すれば、どう考えても、ロクでもない魔法の薬を作っているようにしか思えなかった。

「りょ、料理って……何をやったら、こんなに凄《すご》い匂《にお》いが……ぐわぁっ!!」

鍋の中を覗《のぞ》こうと近付いたリョハンは、怪しい色の煙に目をヤラれて悶絶《もんぜつ》する。

「お、お前はなんで、こんな毒ガスのような中で平然としていられるんだ⁉」

彼は当然の疑問を投げかけるが、返ってきた答えは当然と思えなかった。

「今日は危ないと思って、防毒マスクをしているアルね」

「……普通のマスクに〝×〟マークがついてるだけじゃねーか！」

「いーから先生は、フェイユンが呼ぶまで、台所を出ていくアルよ！」

イライラした様子のフェイユン。やむなく退散したリョハンは、心の中で断言した。

(料理じゃない……アイツが作ってるのは、絶対に料理じゃない！)


ところが――。

「今日のは、フェイユンが腕にヨリをかけて作った、Q極の朝食アルよ！」

そう言い放つフェイユンが食卓に並べたのは、一見ごく普通のスープだった。

「……あれえ？　あの〝製作現場〟から、どーしてこれが……？」

「まあ、一度だまされたと思って、食べてみるアルよ」

(ホントにだまされてそうで、食いたくないんだが……)

顔をしかめるリョハン。ふと、顔を上げてみると、

「とても美味《おい》しそうな匂いですよ」

「早く食べたら？」

「……冷めると、美味しくないです……」

――他の全員が、彼の〝毒味〟を注視していた。

（そりゃないよ、お前ら……どーして、師匠に毒味させるよぉ？）

「さあ、早く飲むアル」

フェイユンに促され、リョハンは恐る恐るさじでスープをすくった。

「……さじが溶けないということは、酸は弱そうだな」

「ゴチャゴチャ言わずに、早く食べるアルよ！」

「くっ……い、いくぞ……！」

崖《がけ》から身を投げる思いで、彼はさじを口に運ぶ。

――奇跡が、起こった。

「……嗚呼《ああ》！　この果てしない宇宙の広がりは何なんだ⁉」

「はぁっ？」

弟子たちが怪訝《けげん》そうな顔をする中、リョハンの目から止めどなく涙があふれ出す。

「口に入れた瞬間、鮮烈な味が舌を支配し、のどを通り越した後も芳醇《ほうじゅん》なコクが残る……それでいて、あっさりと引き締まって次の一口を誘う……」

「で、短く言うと……？」

「超激美味いの極み……！」

涙を拭《ぬぐ》おうともせずに、彼は天を仰いだ。先ほどの〝死臭〟をかいだ時は、まさかこれほどの逸品ができあがってくるとは、とても考えられなかったのだ。

「……おかしいアルね？」

「えっ？」

不意に、製作者の口から妙な言葉が飛び出した。

「栄養バランスは完璧《かんぺき》だと思うアルけど、味は……」

その恐ろしい台詞を聞いて、リョハンは恐る恐る尋ねてみる。

「……でもお前、美味《うま》いから食ってみろって言ったじゃないか」

「『だまされたと思って』って言っただけアル」

「おっ、お前！　Q極とか言ってただろ⁉」

「Q極の栄養バランスアルよ」

——リョハンはフェイユンをぶっ飛ばした。

「とりあえず、お前らも食ってみろ！　美味いから！」

師匠に勧められるままに、弟子たちも怖々とさじを動かしてみる。

途端に、全員の口から賞賛の言葉が語られた。

「……本当に美味しいですね」

「ウン……なかなか奥深い味ね」

「……少しだけ後に残る味が……印象的です」

「ふふふ、この朝食にはお金がかかってるアルよ〜」

リョハンにぶっ飛ばされたフェイユンは、その部位を痛そうに押さえながらも、嬉しそうに説明した。

「なにしろ、身体に良いモノだけを集めて作ったアルからね」

「ほう……ちなみに、どれくらいだ？」

「高麗《こうらい》人参を筆頭に、漢方に使う生薬を大量に……」

「そうじゃなくて、金額の方だ」

リョハンの問いは、決して非常識なモノではない。

にもかかわらず——フェイユンの動きが止まった。

「………………」

彼女は、指でチョイチョイとリョハンを呼ぶ。耳を貸せということらしい。

「なんだ……？」

リョハンが耳を寄せると、フェイユンは周りのみんなに聞こえないよう耳打ちする。

「ボソボソボソ……」

「え……？　もう一度……？」

「ボソボソボソ……」

「……そ、そんなわけ無いだろ。それ、フェイユンのボケか？」

「ボソボソ……」

「……マジ、なのか？」

「……（コクリ）」

フェイユンは、神妙な顔でうなずいた。

軽くめまいを覚えるリョハン。

「……せんせぃ？　どうしたのですか？」

「あ、ああ……」

彼は遠のきかけた意識を何とか寄せると、テーブルに両手をついて重々しく告げた。

「みんな……この食事は、半年分の食べ物だと思って、じっくりと味わって食べてくれ」

「…………」

「…………」

「…………」

みんなが唖然《あぜん》として見つめる中、フェイユンは照れたように、「てへへ」と頭をかく仕草をしてみせた。

リョハンはこの日、予定を変更して、〝ピクニック〟に出かけることにした。

なぜ、ピクニックではなく〝ピクニック〟かというと――。

「いいか！　食えそうなモノは片っ端からゲットするんだぞ！」

「……ずいぶん、サバイバルなピクニックね」

「でも、食費を浮かせるためには仕方ないですね」

「……山菜、取ります……」

「どーせなら、少しくらい遊びたいアル」

「貴様が言うなーっ！（ドゲシッ）」

「ノォ～ッ！」

――実際には、食料調達が目的だったからである。

当然リョハンは、さまざまな食材を入手できそうな場所に向かった。

「どうだ、ここは？」

彼らが到着したのは、竹林を抜けた所にある高台であった。

眼下には美しい景色が広がり、空気は澄み切っている。高台を少し下りた辺りから、川のせせらぎも聞こえてくる。

「わぁ……」

「綺麗《きれい》ですねぇ……」

「絶景アルー」

思い思いの表現で、感嘆の言葉を口にする弟子たち。

唯一の例外は――竹林を見つめ続けているリリカ。

「どうした？」

「ファンファンが、竹林にこもったまま出てこないから、捜してくるわ」

「……ど、どーせなら、竹の子も取ってきてくれよー」

彼女は軽く手を挙げると、今抜けてきたばかりの竹林へと戻っていった。

（さ、さすがパンダ……〝宝の山〟からは出てこれんか）

「わぁぁ……」

ふと、ルゥが声を上げる。

「どうした、ルゥ？」

「ぁそこ……鳥さんです……」

彼女が小さな手で指差す先では、綺麗な羽をした2羽の小鳥が、野原で仲むつまじく毛繕いをしていた。

「ほぉ、アレはメジロだな」と、リョハン。

「とっても綺麗な鳴き声でな、都の方でも鑑賞用に飼われてたりするんだ」

「……きれぃな、声……聞ぃて、みたいです」

ルゥは、メジロを見つめたまま呟いた。と――。

「おりゃさーっ、アル！」

突然雄叫びが上がり、2本の匕首が飛んでいく。

「ぎゅぴ！」

「ぎょぷ！」

匕首は、メジロの身体を正確に貫く。

シン――と時が止まり、世界がモノクロに染まる――。

「ふふふ……さっそく食料をゲットしたアル」

意気揚々とメジロを回収しようとするフェイユンの後頭部に、リョハンは跳《と》び蹴《げ》りをお見舞いした。

「なんつーことすんだ、お前はぁーっ！（ドガッ）」

「グエッ……いきなり、何するアルか～!?」

「貴様こそルゥの目の前で、なんつーことするんだ！」

「心外アルね。『食えそうなモノは片っ端からゲット』って言ったのは、先生アル」

「メジロのどこに、食えるところがあるんだよぉ！」

揉《も》める二人のそばで、ルウはぎこちなく呟く。

「とりさん……ぎゅぴ……ぎょぷ……」

「ル、ルゥ！　今のは鳴き声じゃない！」

「……きれぃじゃない……です」

「フッ、命の散り際とは、かくも美しいものアルね……ノォ～ッ！」

気取ろうとするフェイユンを、リョハンはヘッドロックで締め上げた。

「小さな子に、断末魔の声なんて聞かせんじゃねぇよ！」

「……ぎゅぴ……ぎょぷ……」

「げ、現実は避けて通っちゃいけない道アルよ～」

「通る順序ってモンがあるだろぉが！　ルゥのトラウマになったら、どーすんだ！」

「ｚｚｚｚ……」

——その頃、仰向《あおむ》けにひっくり返ったシアンの鼻には、蝶《ちょう》がとまっていた。

（ハゲタカとか、とまらないだろーな……？）

さらにフェイユンの頭を締め続けながら、ふと不安になるリョハンであった。


『この小鳥たちは、お前が供養してこい。いいな？』

リョハンに言い渡されたフェイユンは、ルゥと連れだって茂みの中へ入った。

「ごめんアルね、ルゥさん。怖かったアルか？」

「……ぃえ、平気です……時々、腐人や腐獣を……相手にしたりもしますし……」

「そーアルよねー！　先生は、ルゥさんを子供扱いしすぎアル！」

「……ところで、メジロさんたちは……どこに埋めてぁげるんですか……？」

「あ、これアルか？　もちろん、道場に持って帰るアル。骨まですりつぶして肉団子にすると、美味いアルよぉ」

「………………」

ルゥが返答に困っていると、不意にフェイユンが足を止めた。

「おっ、やっと着いたアル」

そこは、小さな滝だった。澄み切った水が滝つぼに降り注ぎ、下流へと流れていく。陽光をキラキラ反射する水面の下で、魚も気持ちよさそうに泳いでいる——実にすがしい風景であった。

「ふふふ……ここなら大漁が望めそうアルな」

「……お魚さん、とるんですか……えっ？」

不意に、ルゥは目を丸くする。

彼女の横で、フェイユンはいきなり着ぐるみを脱ぎ始めたのだ。

「……ど、どぅして……脱ぐんですか……」

「服着たまま、川には入れないアルから……お〜、涼しいアル！　やっぱり、コレ着てると、中が蒸れるアルね～」

「………」

初めて目にする、フェイユンの本当の姿に、思わず言葉を失うルゥ。

着ぐるみの中から現れた〝中身〟は、リリカやシアンに勝るとも劣らない、抜群のプロポーションをしていたのだ。

フェイユンは着ぐるみを地面に置き、一糸まとわぬ姿で滝つぼに入ると、気持ちよさそうに滝の水を浴び始めた。

「ん～っ、気持ちいいアル～。ルゥさんも一緒に浴びるといいアルよ～」

「いえ……私は、いいです……お水、好きじゃないんで……」

「そうアルか？　でも、汗が流せて、サイコーアルよ？」

「でも……私、小さぃから……流されても、困りますし……」

「その時は、フェイユンが助けるアルのに……」

首をかしげたフェイユンは、ふと、ルゥの熱い視線を感じる。

「……フェイユン、変アルか？　ジッと見られちゃ恥ずかしいアルよ」

「ぁ……す、すみません……ただ、フェイユンさんが……きれぃで、いいなって……」

「そ、そんなコト言われたら、照れるアルよ～」

顔を赤くしながらも、フェイユンは満更でもない様子である。

「ルゥさんも可愛《かわい》いアルし、大きくなったらとても美人になるアルね」

「……大きくなったら……」

「そうアル。フェイユンのお墨付きアルよ」

「ぁ……ありがとう……ございます……」

深々と頭を下げると、ルゥは不思議そうに尋ねた。

「……フェイユンさんって……どうして、着ぐるみで素顔を……隠してるんですか？」

「男の人に姿を見られるのが、恥ずかしいアルから……」

「……でも、そんなにきれぃ……だったら、恥ずかしがるコトなんて……ないです」

すると、フェイユンは少し考え込んでから、意を決した様子で口を開く。

「今から話すことは、みんなには内緒アルよ……フェイユンの着ぐるみを見るアル」

「……これ、何ですか……？」

ルゥは、キチンと折り畳まれた着ぐるみの上に、小さな人形がチョコンと置かれていることに気付いた。

それは、フェイユンの着ぐるみを1割程度の大きさで再現した、〝ミニ・フェイユン〟とも言うべき代物だった。

「それは、フェイユンの最初の友達の、一番弟子アル」と、フェイユン。

「いつもフェイユンの懐にいて、フェイユンを守ってくれてるアルよ」

「……フェイユンさんの着ぐるみって……これに似せて、作ってるんですか……」

「だけど……その人形の〝師匠〟は、そのことにちっとも気付かないアル！」

「……？」

キョトンとするルゥに、フェイユンは子供の頃のことを憤然と話し始めた。


友達が欲しい――幼いフェイユンの望みは、それだけだった。

他愛のないことで騒いで、笑って、馬鹿《ばか》なことが出来る友達が欲しかった。

その望みがかなわなかったのは――フェイユンが、富豪の一人娘だったから。

『身分が違う』という理由だけで、近所の子供と遊ぶことは許されなかった。フェイユンの周りにいるのは、父親に取り入ろうと、彼女に媚《こ》びる大人ばかり。

ずっと友達もなく、人形と遊ぶばかりの毎日を過ごすうちに、フェイユンは疑問を持つようになった。

（私は……お父さまの言うことをきくだけの、人形なのかしら？）

しかし父親はそんな彼女を『いい子だ』とほめた。だから彼女自身も感情を殺して、〝人形〟になるよう努めていた。

――ある日、フェイユンの父は、有名な導士を屋敷でもてなした。

父は、手から炎や水を出す導士の符術を興がった。しかし、フェイユンにはインチキとしか思えない。

(笑った方がいいのかな？　でも、面白くない……)

体調が悪かったこともあって、彼女は部屋に戻ろうとした。独りになって、〝お人形〟から解放されたかったのだ。

ふと——廊下を歩くフェイユンは、自分より少し年上の少年が、何かを探すようにウロウロしているのを見つけた。

(さっきのインチキな人の仲間かしら……それとも、泥棒？)

訝《いぶか》しがるフェイユンに、少年は自ら近付いてきた。

『ボク、トイレに行きたいんだけど、この家が広すぎて迷っちゃった。どこにあるのか教えてよ』

『トイレなら、この先よ……』

フェイユンがムッツリと答えると、少年はいきなり彼女の手を取った。

『じゃあ、いっしょに行こう』

『どうして私が、いっしょに行かないといけないのよ？』

『だって、吐きそうなんじゃないの？　顔色わるいよ？』

『………』

図星を指され、何も言い返せないフェイユン。

しかし、少年の顔色も急変した。

『ウッ！　も、もれそう……』

『……汚いわね！　さっさと行きなさいよ』

『じゃあ、こいつをちょっと預かっててよ』

そう言うと彼は、小さな人形をフェイユンに手渡した。

『男の子のクセに、人形なんて持ってるの？』

うさんくさそうに人形を見つめるフェイユンに、少年は軽くむくれてみせる。

『人形人形っていうなー。そいつはボクの大事な弟子で、友達なんだから』

『……こんな変な人形が友達なんて、バカみたい』

『今は、修行が大変だから仕方ないんだよ。でも、修行が終わって一人前になったら、友達はいっぱい作るからいいんだ』

『友達作るの我慢して修行なんて、バカみたい』

理解に苦しむ言葉に、フェイユンは精一杯毒づく。

しかし、少年は意に介さなかったようだ。

『でも、友達がひとり増えたよ』

『え？　どこに？』

『キミ』
『……な、なんで私が、あなたなんかと友達に……!?』
戸惑うフェイユン。すると突然、少年が凄い形相を作った。
『っ!!』
『な、なによ?』
『……ト、トイレ……』
『あっ……』
少年はガニ股《また》で、フェイユンの元から去っていった。
フェイユンは少年に押しつけられた、妙な人形を見つめる。
『友達……か……』
と、その時。
『お嬢様、お静かに』
『え……きゃあ!』
突然フェイユンは、何者かに背後から抱きすくめられた。
振り返ると、それは父の側近の男だった。
『な、なんのつもり!?』
『お静かにと言ったはずですよ』

側近の男は、フェイユンの喉元《のどもと》にナイフの刃を当てる。

『こ、こんなことして…どうなるか分かっているの!?』

『ええ、もちろん。貴方を領主に渡せば、私に莫大な金が入ることがね』

『なっ……！』

『お父上も馬鹿な御方だ。素直に領主の言うことをきいていればよかったのに……』

その言葉でフェイユンは、側近が父を裏切り、自分を誘拐しようとしていることを理解した。途端に全身が震えだし、歯の根が嚙《か》み合わなくなる。

（イヤ……この人、怖い……誰か助けて！）

そこへ――。

『アレ……なにしてるの？』

トイレから、先ほどの少年が戻ってきた。

『た、助け……むぐっ』

フェイユンは叫ぼうとしたが、すかさず側近に口をふさがれてしまう。

それを見て、少年の表情が険しくなった。

『おじさん、悪い人だね？』

『このままおとなしくしているなら、殺さないでおいてあげよう』

『……とりあえず、その子を放せ！』

『おとなしくできないなら……殺しますよ？』

『うっ……』

『逃げなさいよバカ！　ナイフ持ってるんだから、かなうワケないでしょ！』

助けを求めていたことも忘れ、フェイユンは声を張り上げる。

(もし、この男の子が私を助けようとして、ケガでもしちゃったら……ダメ、巻き込んじゃいけない……！)

しかし、少年は聞く耳を持たない。

『そ、そんなの、やってみないと分からないだろう！』

『分かるわよ、大人相手なんだから……むぐっ』

『お嬢様……お静かに、と申したはずですよ？』

再びフェイユンの口をふさぐ側近に、少年は突進を敢行した。

『その子をはなせぇぇぇっ!!』

『やれやれ……』

刹那《せつな》──風切り音が、フェイユンの鼓膜を切り裂いた。

側近のナイフが、少年の腕をかすめたのだ。

『うあっ！　……い、痛い……』

少年は、傷ついた腕を押さえてうめく。それを見たフェイユンの目が、涙で潤む。

『腕が……あぁ、血が出てるよぉ……』

『大丈夫だよ』

しかし少年は、まるで大丈夫そうに見えない様子で、それでもフェイユンに笑いかけた。

『ボクが……絶対に助けてあげるから』

子供の口から出た不敵な言葉に、側近の表情が残忍に変化する。

『かわいげのない子供だ……殺してやるよ』

彼はナイフを振り上げると、そのまま少年に向かって振り下ろした。

最悪の想像に、思わず目をつぶるフェイユン。

しかし——想像ははずれた。

『くっ……たあっ!』

少年はナイフを避けながら側近の横に回り込むと、力一杯ひざの裏を蹴り飛ばした。

『うおっ?』

側近のひざが落ち、自然と位置の低くなった頭に、少年は間髪置かず、浴びせ蹴りを叩き込む。体重が少ないとはいえ、身体を回転させ遠心力をつけた蹴りは、大人を昏倒《こんとう》させるのに充分な威力があった。

『がふッ!』

側近は前のめりに倒れた。自然と、フェイユンは下敷きになってしまう。

『キャッ！　……いったぁい……』

間の抜けた声で尋ねる少年に、思わず食ってかかるフェイユン。

『大丈夫？』

『「大丈夫？」じゃないわよ！　なんで逃げないのよ！』

『うわ……助けて怒られるとは思わなかった』

『相手はナイフを持ってたのに……そんなケガまでして……』

『ケガ……？』

彼女の言葉に、少年はハッと思い出したように腕を見ると、今さらのように涙ぐんだ。

『……痛い……』

『当然よ！　バカ!!』

――その後、フェイユンは熱を出してしまった。やはり、体調を崩していたようだ。

屋敷に招かれていた導士から、青カビで作ったという薬などを分けてもらって飲んだが、ようやく体調が戻ったのは、導士たちが去る日の朝だった。

既に屋敷の玄関にいた少年に、フェイユンはペコリと頭を下げる。

『助けてもらったのに……まだありがとうって言ってない……ごめんなさい』

『あはは、キミは寝込んでたんだから、仕方ないって』

少年は、負傷した腕に包帯を巻いたままの姿で、快活に笑った。

『ねえ……ひとつ訊《き》いてもいい？』と、フェイユン。

『あの時……あいつナイフ持ってたのに、怖くなかったの？』

すると、少年はアッサリ答える。

『そりゃ、怖かったよ。でも、友達のためだからさ』

『わ、私はあなたの友達じゃな……』

反射的に言いかけたルゥは、いったん押し黙ると、すねたような表情を浮かべた。

『……友達に……なってあげてもいいけど……でも、もう会えないのよ？　そんな友達なんて……バカみたいじゃない』

ここで友達になっても、すぐに離ればなれになるだけ。そんな、形だけの友達なんて、いらない――。

『大丈夫だよ』

しかし少年は、再びアッサリと言った。

『ボクたちは、命をかけて一緒に戦った友達じゃないか。会おうと思えば、いつかきっとどこかで会えるよ』

『……………』

彼の言葉は、乾ききったフェイユンの心に、清水のように染み渡った。

『あれ？　イヤなの？』

キョトンとする少年に、フェイユンは顔を真っ赤にしながら、軽く怒ったような口調で告げた。

『し……仕方ないから、友達になってあげるわよ』

『ナニ言ってるのさ、もう友達なんだよ』

『そ、そうね……』

「で、次はいつ会えるか分からないからって、男の子が代わりにフェイユンに預けてくれたのが、その人形アル」

——長い思い出話を終えると、フェイユンは「ちと恥ずかしいアルね」と頭をかいた。

ルゥは〝ミニ・フェイユン〟を見つめながら、ポツリと尋ねる。

「……その、ぉ友達とは……会えたのですか？」

「それが、いつまで経っても来なかったアルよ！」

フェイユンは、妙に力を込めて答える。豊満な乳房が、勢いでプルンと揺れた。

「おまけに、お父様に婚約者を選ばれそうになったアルから、フェイユンは思い切って家出してきたアル。で、興信所まで使って、男の子の住んでる所を突き止めたアルよ」

「……それって、まさか……」

「だから、みんなには内緒って言ったアル。正体を隠すために、口調まで変えてるアルからね」

驚くルゥに、彼女はいたずらっぽい笑みを向ける。

「それにしても、先生もニブチンアルよ。着ぐるみなんか大ヒントアルのに、1年以上経っても、まーだ気付かないアル。先生が思い出さないうちは、フェイユンが正体を明かすこともないアルね」

「……ぁの、どうしてその話を、私に……？」

ルゥは、戸惑いを隠せない。

「……私なんかに、そんな大事な話をしても……いぃんですか？」

「ふぅ～ん……不思議と言えば、不思議アルね。リリカさんやシアンさんには、こんな照れる話なんてできないアルのに……」

細い目をさらに細め、フェイユンは腕組みをして理由を考え——やがて、結論を出した。

「きっと……ルゥさんが、先生のことを好きだからアル」

「ぇ……」

瞬時に、ルゥの顔が真っ赤に染まる。

「……そ、そんな……せんせぃを……なんて……」

「でも、好きアル？　先生を見つめる目を見てたら、一発で分かるアルよ」

「…………」

彼女はうつむいたまま、わずかにうなずいた。その姿を、フェイユンは微笑ましげに見つめる。

「フェイユンも女の子アルから、たまーに気持ちがグラつくアルけど……やっぱりフェイユンは、先生の友達でいいアル。他人のことばっかり考えてる先生は、ルゥさんみたいな気配りの利くヒトが支えてあげた方がいいアルね」

「……む、無理ですよ……」

「どうしてアルか？　先生はああ見えてロリコンっぽいところがあるアルし、ルゥさんはオトナアルから、上手《うま》くいくと思うアルが……」

「……だって、私は……」

重い口調で、ルゥが何かを言おうとした、その時。

「バヒュン！」

奇妙な音が、辺りに響き渡った。

「……どぅしたんですか……？」

「う〜、くしゃみアル〜」

「……今のが……ですか？」

「調子に乗って、水浴びしすぎで身体が冷えたアル」

フェイユンは苦笑すると、ルゥのいる岸の方へやってきた。

「ルゥさん、ごめんアル。魚はあきらめて、ふたりで山菜を採るアル」

「……そぅしましょう……」

ルゥはうなずくと、着ぐるみと人形を彼女に渡そうとする。


——ドッパーン！


「……ッ!?」

いきなり、大きな流木が滝つぼに落下した。大音響と水しぶきに仰天して、ルゥは思わず身をすくめる。

そして次の瞬間——表情が凍りついた。

「……ぁ、ぁの、フェイユンさん……」

「どしたアルか？」

「……ご、ごめんなさぃ……」

「？」

一瞬、意味が分からないフェイユン。

ルゥの視線を追うと――そこには、今まさに下流へ流されようとしている、着ぐるみと人形の姿があった。

「……音にビックリして……思わず手を、離してしまぃました……」

「うひょ〜っ！　な、流れるなアル〜っ‼」

――水面は陽光とともに、大慌てで回収するフェイユンの悲鳴を反射した。


その日の夜――。

「バヒュン！」

奇怪なくしゃみの音が、フェイユンの部屋にこだまする。

「むぅ〜、やっぱりずぶ濡れの着ぐるみを着たまま動き回ると、こーなるアルなぁ〜」

水浴びの後の食料調達は大成功だったのだが、道場に戻る頃には、彼女はすっかり風邪を引いてしまっていた。

仕方がないので、着ぐるみはいつも通り木に吊《つ》るし、人形は机の上に置いて乾かした。

そして、フェイユン本人は下着姿で――寝る時は、いつもそうである――シーツにくるまっている。

「まぁ……引き始めアルし、とっとと寝てしまえば、すぐに治るアル」

ため息をつきながらも、彼女は早めに就寝すべく、明かりを消そうとランプに近付いた。

「フェイユン、まだ起きてるかー？」

——いきなり、リョハンがノックしたのは、この時である。

「え、え～っ⁉」

「入りたくはないが、入るぞ。お前、風邪を引いたってな？」

「わ～っ！　ま、待つアル！　入っちゃ駄目アルー！」

狼狽《ろうばい》するフェイユン。スペアの着ぐるみを着るのも間に合わない。慌てて彼女は、ベッドの裏に身を隠した。

直後、薬瓶と粥《かゆ》の入った茶碗を持って、リョハンが部屋に入ってくる。

「実は、青カビで作った、師匠直伝の風邪薬があってな……あれ？　どこ行った？」

フェイユンの姿が見当たらないため、リョハンは部屋の中をキョロキョロと見回す。

「……おかしいな。隠れてんのか？」

（そーアルよ！　とにかく、早く部屋から出ていくアル！）

心臓をドキドキさせながら、フェイユンは必死に息を潜めた。

しかし、次の瞬間——彼女は自分のミスに愕然《がくぜん》とする。

「ん？　これは……ずいぶん縮んだなぁ、フェイユン」

（……あーっ！　人形を隠すの、忘れてたアルーッ！）

我を忘れ、フェイユンはベッドの陰から飛び出した。

「そ、それに触っちゃダメアルーッ！」

そして、人形を手に取ったリョハンの身体に飛びつき、そのまま押し倒す。

「おわっ！　……イテテ……何だ、いきなり!?」

「その人形を返すアルよー！」

フェイユンは何としてでも人形を取り返そうと、リョハンの身体を押さえつけたまま、ジタバタと必死にもがいた。

「べ、別に取りはしない……って、お前！　なんて格好してんだよ！」

「え？　ぁ……だっ！　ダメアルよ～！　見ちゃダメアル～」

「ム、ムチャ言うなよ！」

「目を閉じればいいアル……あ、潰《つぶ》せばもっといいアル！」

「落ちつけって……だあっ、ホントに目潰しをしようと

するな！」

「見るなアルー！」

——その時。


ダンダンダン！　ダンダンダン！


玄関の門扉が、けたたましく叩かれた。

「ん……？」

「何アルか……？」

動きを止めた二人の耳に、村人の絶叫が届いた。

「む、村の外に……化け物の大群が！」

瞬間——フェイユンは、息を呑《の》んだ。

「……まさか、〝西の災厄〟!?」

リョハンの表情が、メイファァと闘って以来の、すさまじい形相に変わったのだ。

「せ、先生……」

「オレは一足先に行く！　お前は他の3人にありったけの呪符《じゅふ》を用意して、すぐにオレを追いかけさせろ!!」

「わ……分かったアル……」

〝西の災厄〟という言葉の意味は分からなかったが、危険の度合いは、今のリョハンの反応で充分理解できる。

「ところでフェイユン、風邪の影響は⁉」

「ね、熱とかはないアルから、問題ないはずアル」

「じゃあ、お前も3人と一緒に来い！」

そう叫ぶと、リョハンはフェイユンの身体を押しのけ、部屋を飛び出そうとした。

ふと、その足が止まる。

彼の口から——信じられない言葉が発せられた。

「……お前、どうせだから〝まにゃぶ〟も連れてこいよ」

「ええっ……⁉」

「そいつ、〝まにゃぶ〟だろ？　導士の弟子の男の子が、富豪のお嬢さんに預けておいた
……違うか？」

「ど、どーして、その名前を……？」

「一番弟子の名前を忘れる師匠が、いるワケないだろう」

言葉を失うフェイユンに、リョハンはあきれた様子で答える。

「今度の敵は、今までで一番危険な連中だ。死ぬか生きるかの闘いになるから……ちゃん

と〝まにゃぶ〟に護《まも》ってもらうんだ」

「先生……覚えててくれたアルか……」

思わず、フェイユンは涙ぐむ。

「ほら、泣いてるヒマなんかないぞ！」

そんな彼女を軽くこづくと、リョハンは再び部屋を去ろうとする。

彼の背中に、フェイユンは叫んだ。

「……先生！」

「なんだ？」

「フェイユンたち……今でも、友達アルよね？」

「勘違いするな」

リョハンは振り向いて、力強く笑った。

「今は師弟だ。そういうことは、修行を終えてオレから独立した後にしろ」

第6章　リョハン

村はずれの丘に、〝奴ら〟は迫っていた。

〝腐の群〟――文献上ではそう呼ばれている、腐人腐獣、総勢数百の群。

〝叛魂操咒〟の術で、安らかな死を永遠に奪われた、呪われし存在たち。

ゆっくりと、しかし確実に行進を続ける群れを前に、リョハンはひとりでに唇をかみしめる。

「ざっと、二、三百ってところか……大した数だよな、まったく」

そこへ、彼に追いついた弟子たちの言葉が続く。

「さすがに、これだけ数がそろうと、威圧感あるわね……」

「アレが全部、人間以上の能力なんですよね……」

「それに対抗するのが、たったの5人……ほとんど嫌がらせアルな」

「……大変そうです……」

「油断もイカンが、無用に恐れるな」

リョハンは努めて、明るい声で言った。

「お前たちは、この時のために厳しい修行を乗り越えてきたんだ。冷静に闘えば、絶対に勝てる」

――正直なところ、リョハンは自分の言葉を完全には信じていない。

これが本当に〝西の災厄〟の再来だとしたら、〝腐の群〟を退けられても、それを操っている導士に勝てる保証は、どこにもない。

それでも彼は、たとえ差し違えてでも勝つつもりだった——メイファのためにも。

厳しい表情を崩さず、リリカが尋ねた。

「……まとめて半分くらい葬れる術ってないの？」

「お前……真面目な顔して、ムチャなコト言うなあ」

リリカは真剣に言っているのだろうが、その言葉はリョハンのユーモアセンスを軽く刺激した。

「半分も一網打尽にできれば、苦労しないだろ」

「じゃあ、やっぱり無理なの？」

「……まあ、確実なのは３割くらいだな」

「……できる……んですか？」

「使う呪符《じゅふ》は試作品だがな」

「試作品……ぶっつけ本番で使う神経を疑うアルね」

「高名な導士が作ったモンだぞ？　問題は、オレが使いこなせるかどうかだが……」

「先生！　来ます！」

彼らの軽口は、シアンの緊張感に満ちた一言で打ち切られた。

５人に向けて、〝腐の群れ〟がいよいよ本格的に殺到してきたのだ。

「お前ら、少し後ろに下がって、次に備えてろよ」

リョハンは懐から〝火〟の呪符と対叛魂操咒用の呪符を取り出し、扇状に広げると、彼が練られるありったけの氣を叩《たた》き込んだ。

「効いてくれよぉ……〝迎門煌矧《げいもんこうしん》〟!!」

刹那《せつな》、呪符が宙に舞い、強烈な閃光《せんこう》が大地を駆け抜ける。

カッ――ドゴォォォォッ!!

「クッ……!」

「な、何事アル!?」

跳ね返ってきた閃光と砂煙に、弟子たちは身をかがめてこらえる。

やがて砂煙が収まると――そこには、えぐれた大地が光の軌跡のように残っていた。

「メ……メチャクチャ凄《すご》いですよ!」

「……敵が……たくさんいなくなりました……」

驚嘆する弟子たちの中、とっさに気付いたリリカが治癒用の呪符を取り出す。

「……ダメージは腕だけ?」

「えっ……おおおっ!? 先生、血だらけアル!」

「誤解を招くような表現をするな……クッ」

顔をゆがめたリョハンの右腕は、皮膚が破れ、おびただしい量の血を流していた。

「これだけの威力の術だ……反発力に耐えきれなかったんだろう」

「だ……大丈夫……ですか……？」

泣きそうになるルゥの頭を、リョハンは左手でポンポンと叩く。

「肩から先が吹っ飛ばなかっただけでも、ありがたいことだ……おう、ありがとう」

リリカに治癒の符術を施行してもらったことで、出血はひとまず止まったようだ。

「……でも、まだ痛そぅです……」

「じゃあ、目の前のコイツらを片付けたら、ルゥに治してもらうか」

彼が不敵に視線を向けると、感情を持たないはずの〝腐の群〟が〝迎門煌烈〟の威力を目の当たりにして、明らかに怯《ひる》んでみえた。


——夜を徹して、死闘は続いた。

しかし、大幅に数を減らした腐人や腐獣との闘いは、リョハンたちが有利なまま進行していった。

迫る敵は、ルゥの防御呪符に阻まれて、ほとんどリョハンたちまで届かない。

さすがに完璧《かんぺき》には防ぎ切れず、リョハンも弟子も徐々に負傷していったが、大勢が覆ることは最後までなかった。
東の空が白み始めた頃——勝敗は、決した。

「ハァハァ……大丈夫か、ルゥ？」

視界に映る最後の腐人たちを、呪符で作り出した火の竜によって焼き尽くした後——リョハンは、足許《あしもと》にへたり込むルゥに声をかける。

「……は、はぃ……平気……です……」

そう答えるルゥは、平気どころか、すっかり疲労困憊《こんぱい》していた。5人全員を防御呪符でフォローしていたため、消耗の度合いは並ではなかった。

「そうか……ご苦労さんだったな」

リョハンはいつものようにルゥの頭に手を置き、優しく撫《な》でてやる。

ふと——その視線が、ルゥの左肩に注がれる。

腐人や腐獣の攻撃がかすめたのか、胴着が破れて肩口があらわになっていたのだ。

なぜかその一部が、本来の肌の色とは異なっている。

（何だ？　何か……ついてる？）

その理由に気付いた彼は——自らの上着を脱いで、ルゥの頭からスッポリかぶせてやった。

「ぁっ……」

突然のことに、ルゥはビクリと怯《おび》えた表情を見せる。

「夜明け前は冷えるからな。破れた服じゃ、ツライだろう」と、リョハン。

「……………」

「ん？　どうした？」

「ぃぇ……ありがとうございます……」

ルゥは戸惑いながら礼を言う。

リョハンの目を見ようとはしなかった。


「おーい！　腐人を操ってたヤツを、とっつかまえたアルよー！」

――フェイユンたち3人が取り押さえたのは、西から順に村々を襲い続け、〝西の災厄〟の再来とも言われた男。

しかしそれは、伝説上の大導士とはとても思えない、貧相な男であった。

「たぶんコイツ……私たちに毛が生えた程度の、導士になりそこなった男じゃないかしら」

リリカは物騒な光を瞳《ひとみ》にたたえて、失神している男をにらみつけていた。

「殴りつけたら、アッサリひっくり返ったわ。おそらく、たまたま〝叛魂繰咒〟の秘法を手に入れただけで、腐人たちに守られていなければ何もできない、ハンパ野郎ね」

両親が腐人になってしまった過去を持つだけに、いつにもまして口調が厳しい。

しかしリョハンの眼光は、彼女よりも険しかった。

「この男の……こんな男のせいで、メイファは……!!」

彼は発作的に、〝火〟の呪符を取り出した。

「せ、先生!?」

「火だるまにするアルか!?」

「……私は、絶対止めないわよ」

「……でも……殺してしまうのですか……?」

弟子たちは、それぞれの反応を見せる。

だが――それでもリョハンは、呪符を施行することができなかった。

「…………」

呪符を胸の前に構えながら、そのまま微動だにしない。

長い時間悩んだ末、彼はついに構えた手を下ろした。

「どうしたんですか?」

「……導士の能力は、人々を護《まも》るために使うものだ……お前たちにも、そう教えた……」

リョハンはかすれた声で、絞り出すように呟《つぶや》く。

噛《か》みしめた唇の端から、うっすらと血がにじんだ。

「……断じて……断じて、復讐《ふくしゅう》のためのものではない……断じて……!!」

「先生……」

衝動と自制の狭間で、激しく揺れるリョハン。必死になって自分に言い聞かせるその姿に、弟子たちは言葉もない。

それでもシアンとフェイユンは、師匠をなだめるように語りかけた。

「では……私たちが、街の憲兵さんに引き渡してきますね」

「どちらにしても、死罪は免れないアルから……」

「……ありがとう、みんな」

リョハンは力なく、顔の筋肉をぎこちなく動かした。

青ざめた顔に張りついた、とても笑顔とは呼べない引きつった表情。

しかしそれは——自分を慰めてくれる弟子への、心からの感謝の表れであった。

フェイユンの温かい言葉が、彼の心に染み渡る。

「れ……礼には及ばないアル。ダメな師匠をフォローするのも、弟子の務めアルよ！」

——鮮烈な朝日の光が、凄惨《せいさん》な〝戦場〟を浄化し始めていた。


〝西の災厄〟気取りの男を憲兵に引き渡してから、2週間。

村にとっての脅威が去り、腐人や腐獣もパッタリと現れなくなった。

にもかかわらず――リョハンの道場では、激しい修行が続けられていた。

なぜなら、単なる導士崩れの男ですら、〝西の災厄〟もどきの悪行を働くことができたから。その事実は、ちょっとしたきっかけで、今回のような事件がいつでも起こりうることを意味する。

『そのことを考えれば、お前らの今のレベルでも全然足りない。お前らひとりひとりが道場を開けるくらいまで、修行を重ねる必要がある！』

――というわけで、この日もリョハンは、シアン相手に組手を行っていた。

「ハアッ！」

牽制《けんせい》か、攻撃か――微妙な威力の火の玉を、シアンはリョハンに放ってくる。

直後、タイミングをずらして足をすくうような風の鞭《むち》を生み、さらには〝土〟の符術を構えた。

（なるほど……オレを横に飛び退かして、その足許に落とし穴か何かを作ろうというつもりか……）

3種類の呪符を、連続して放つ――シアンの成長ぶりがハッキリ感じ取れる試みである。

しかし、リョハンは弟子を賞賛することではなく、叩きのめすことを選んだ。

「……敵がお前のイメージ通りに動くと思ったら、大間違いだ！」

彼は、〝風〟の符で手に小さな風の結界を作り、火の玉と風の鞭の符術を同時に振り払った。

「えっ⁉」

唖然《あぜん》とするシアン。彼女には師匠が、符術を素手でなぎ払ったように見えたのだろう。

「ほら、〝土〟の呪符が無駄だぞ！」

リョハンは一足で、シアンとの間合いを詰める。

「わっ！　わわわ！」

慌てて〝土〟の符を放り投げ、拳《こぶし》を繰り出すシアン。腰も入っていない、踏み込みもなっていない、ヘナヘナパンチであった。

リョハンは身体を屈《かが》めてその拳をかわすと、そのまま足払いをシアンに浴びせる。

そして、宙に浮いた彼女に、一歩踏み込んで強烈な当て身をお見舞いした。

「きゃあああッ‼」

吹き飛ばされたシアンは、そのまま塀に激突し、崩れ落ちる。

「うひょ〜っ、今日も先生のサドの本性が全開アルね〜」

「シアンでなかったら、死んでるわよ……あ、シアンも死んでるか」

同じく組手を行いながら、無駄口を叩くフェイユンとリリカ。以前ならリョハンのやりすぎを責めたかもしれないが、今の彼女たちに、そんなことを言うような甘さはない。

「それより……先生の使った符術は、応用が効きそうね」

「手に風の結界を作ったやつアルか？」

「〝風〟でなきゃいけないってワケじゃないでしょ」

そう言うと、リリカは〝火〟の呪符を取り出した。次の瞬間、彼女の手には風ならぬ火の結界が張られている。

「これで殴られたら……たぶん、熱いわよね？」

「いーっ⁉ リ、リリカさんは、発想が過激すぎるアルよ〜！」

「問答無用！」

リリカは瞬時に、フェイユンとの間合いを詰めようとする。

その時、フェイユンはとっさに、薄い水の壁を出現させた。

「この程度の壁じゃ、消せないわよ！」

構わず、〝燃える拳〟で壁の向こうのフェイユンにパンチを放つリリカ。

しかし、水の壁は熱で蒸発し、周囲にもうもうたる水蒸気を発生させた。

「目くらまし⁉ ……クッ！」

驚く間もなく、リリカは煙の中から飛んでくる匕首を、ギリギリのタイミングでよける。

（……いいじゃないか。他人の符術を自分なりにアレンジし、あるいはアドリブで対策を考える。符術を使って闘う上での要領が、ずいぶんつかめてきたようだな）

リョハンは満足げに二人のやりとりを見つめた後、ダメージでなかなか立ち上がれないシアンに声をかけた。

「さて……ダメージがキツイなら、もう少し手を抜くぞ。どうする？」

もちろん、シアンの返答はひとつだった。

「だ、大丈夫です！　そのまま、お願いします！」

そして再び、ふたりの組手が始まった。

――これが、リョハンの最後の指導になることを、まだ誰も知らない。


この日――ルゥはほとんど、部屋に引きこもっていた。

食事当番はこなしていたようだが、食事ができると、

『……体調が、悪いですから……』

と、自分は何も食べずに部屋へ戻ってしまうのだ。

「そもそも、〝腐の群〟を退治してから、ちょっと様子がおかしいわね」

「何か、悩みでもあるんでしょうか。思春期ですし……」

「ひょっとしたら、〝女の子〟になったかもしれないアルね」

心配しながらも首をひねる、兄弟弟子たち。

リョハンは彼女たちと違って、ルゥの様子がおかしい理由について、ある程度の見当をつけていた。

（そもそも、オレとまともに目線を合わせようとしないもんなー、最近……）

彼の予想では、ルゥは肩口を見られてしまったことを、思い悩んでいるはずだった。

なぜなら、リョハンの見間違いでなければ——肌の色の違う部分は、絶対に人に見せられない場所だから。

（あまり考えたくはないが……アレはたぶん、〝焼き印〟だな）

〝焼き印〟——それは、重罪を犯した犯罪者に押される、罪の証。

焼けた鉄で肌に刻まれる刻印は、一生消えることがないとも言われている。

（オレ自身は、過去の罪について問《と》い質《ただ》すつもりもないが……ルゥにとっては、決して人に知られたくない秘密なのかもしれんな……）

ましてや、自分は彼女の〝焼き印〟を見てしまっている。そのことにルゥが気付いたり感付いたりしていれば、目を合わせようとしないのは、むしろ当然かもしれない。

（まあ……時機が来れば、話を打ち明けたり、修行に復帰したり……何らかの結論を出すだろう）

リョハンはそう考えて、ルゥの件には静観を決め込んだ。

いや——決め込むつもりだった。

やけに静かな夜だった。

風も、虫の鳴き声もない。ただ、月だけがゆっくりと西へ向かって動いていた。

リョハンは寝付きに時間がかかってしまったが、それでもどうにか眠りについていた。

ゴソゴソ――ゴソゴソ――。

「ぅ……う～……」

シーツの中の怪しい感触に、リョハンの意識は深い眠りから覚醒《かくせい》へ、急速に引き戻された。

まず気付いたのは、扉の隣にある燭台に、消したはずの明かりが灯《とも》されていること。

「う～ん……ぅ……っ」

シーツの中の感触は、ゴソゴソと下の方へ移動していく。

「ん～……ん？　ぅ～……」

不意に、下腹部が妙な開放感を覚えた。シュルシュルという衣ずれの音も聞こえてくる。

（……腰帯が……解かれた？）

ようやく、まともな思考を始めた途端――ズボンをずらされる感触が、リョハンの意識を完全に覚醒させた。

「えっ⁉」

目を開けると、シーツの下の部分に、人ひとり分くらいのこんもりとした山があった。

慌ててシーツをめくった瞬間――リョハンの寝室の時間が、停止する。

「あ……」

「…………」

リョハンは、眼前の状況を、いまいち上手《うま》く理解できない。

(……どうして、ルゥがオレのズボンを引きずり下ろそうとしてるんだ……？)

彼が言うべき言葉も見つけられないでいると、ルゥはコクリとうなずいて、再びズボンを下ろす手に力をこめた。

「……ちょ、ちょっと待て！　今の〝コクリ〟は何だ⁉」

なるべく音量を落としてわめくと、ルゥはいつもの小さな声で、しかしキッパリと言い切った。

「……大丈夫です……」

「な、なにがだ？」

「……初めてじゃないですから……」

「だ、だから何が⁉」

必死にズボンを押さえようとするリョハン。しかし、ルゥはズボンから手を離さない。

「……私、下手ではないです……」

「だから、何がだって聞いてる……ウッ！」

さらに何か言おうとして、リョハンはいきなりうめいた。

ルゥがズボンの中に、自らの手を突っ込んできたのだ。

その小さな手は、硬度を持たないリョハンのイチモツを握り——慣れた手つきで、軽く揉《も》むようにしごき始めた。

「くっ……ルゥ！」

ツボを心得たその手つきに、リョハンのモノは節操もなくそそり立つ。

射精の危険を感じたリョハンは、力任せにルゥの身体を引きはがした。

ルゥは軽く驚いた後、上目遣いで尋ねる。

「……い、痛かったですか……？」

「そ、そうじゃなくて、いきなりどうしたんだよ⁉」

「……いけないですか……？」

「いや、いけないってゆーか……なんで急にこんなコトを……？」

訳も分からず、リョハンは繰り返し説明を求める。

　すると、ルゥはまっすぐ彼の目を見つめた。

「……分かりませんか……？」

「えっ……？」

　そこには、いつものオドオドしたルゥではなく、凛《りん》とした意志を持つ少女がいた。

「……私……せんせぃに構ってほしいのです……」

「構ってほしいって……いきなり言われても……」

「……でも、どうすればいいか分からないので……こうすれば、せんせぃ……喜んでくれるかと……」

「よ、喜んでって……」

「……迷惑、ですか？」

「いや、そういうワケじゃないんだが……その……ま、待て、ルゥ！」

　返答に窮したリョハンが、仰天して声を上げる。

　彼の見ている前で、ルゥはおもむろに服を脱ぎ始めたのだ。もともと薄手の胴着だったので、全てを脱ぎ去るのに、それほど時間はかからなかった。

　リョハンはぎこちなく顔を背け、全裸となったルゥを見ないようにする。

「ふ、服を着るんだ……」

「……せんせぃ……見てください……」

「ダメだ、服を着るんだ」

「……お願いです……それとも……」

説得を試みる彼に、ルゥは切実な声で言った。

「……それとも私は、目を背けたくなるくらい……汚れていますか……？」

（汚れている……？）

予想外の言葉に、リョハンは再びルゥの方を見る。

ロウソクの炎に照らされた、一糸まとわぬルゥの姿に、リョハンは息を呑《の》む。

否——彼が息を呑んだのは、ルゥが裸だったからではなかった。

「そ、その身体は……？」

小さな裸体の隅々まで刻まれた、無数のアザ——それも、昨日今日できたようなモノではなく、もっと昔からあったような、消えないアザ。

「な、なぜ……こんなに……」

まだらに変色しているルゥの姿に、リョハンは驚きと衝撃で言葉を失う。

そんな彼に、ルゥは視線を床に落としながら、話し始めた。

「せんせぃは……先日、私の〝焼き印〟……見ましたよね……」

「あ、あぁ……」

「……これを見て、何も言わなかったのは、せんせぃが初めてです……」

ルゥは、そっと焼き印に手を当てて続ける。

「罪人ということが分かったのに……それでも、それまでの私と何ひとつ変わらないように接してくれたこと……嬉《うれ》しかったです……」

「……そりゃまあ、昔のことは関係ないから……」

「……でも、なぜ……何も訊《き》いてこなかったんですか……？」

「そ、それは、他人から訊くことじゃないだろう。訊いたら、お前を傷つけるんじゃないかと……」

「……では……聞いてください……」

「えっ？」

ルゥは、最後のためらいを振り切るように大きく息を吐くと、怪訝《けげん》そうな顔をするリョハンに、決定的な一言を告げた。

「実は私……娼婦をやってたのです……」

「…………え……？」


――ルゥは、自分の母の顔を知らない。

もともと身体の弱かった母は、ルゥを産んだ時に死んでしまったのだ。

必然的に、ルゥは父親とふたりで生きてきた。

優しい男だった――ルゥの父親を知る者からは、そう聞かされた。その優しさを、ルゥは知らない。妻の死を境に、彼は豹変《ひょうへん》してしまったからだ。
酒と女に溺《おぼ》れ、ことあるごとにルゥを殴りつける父親。だが、ルゥはそれを、仕方のないことと考えていた。なぜなら、父親はそうしないと、妻を失った悲しみに耐えられないから――そして、母親を殺したのは自分なのだから。
しかし――成長するにつれ、ルゥの苦しみは大きくなっていった。

「蓄えていたお金がなくなると……父は子供だった私に……お客を取らせました……」

「………」

ルゥの告白に、リョハンは全身の毛が逆立つような嫌悪感を覚えた。

例えようのない怒りが、胸の奥底からどす黒くにじみ出す。

「小さな私は……自分が何をさせられているのかなんて、分かりませんでした……ただ、怖くて……痛くて……苦しくて……」

淡々と語るルゥの顔が、次第に青ざめる。当時の生々しい記憶が、改めて彼女を打ちのめしているのだろうか。

「痛くしたり、言うことを聞かなかったりすると……何度も、何度も殴られて……でも、殴られるのは……私が悪いことをしたから、怒られているのだとしか思ってなくって……」

「……もういい……」

「色々なコトをさせられました……」

「……やめろ……」

「一通り……何でもしています……」

「……やめてくれ……」

「一晩に、5人も6人も相手をしたこともあります……」

「それ以上はいいいっ！」

いつしか、リョハンの視界は涙でぼやけていた。

怒りと衝撃のあまり、心臓の鼓動が目の奥を乱打するような錯覚すら覚えた。

しかし――さらなる衝撃の事実が、ルゥによって告げられる。

「……せんせぃ……私も、大人なんです」

「えっ？」

「リリカさんや、シアンさんや、フェイユンさんと……ほとんど、同い年なんです……」

「ま、まさか……どう見たって、そんな歳には……」

「……私の身体は、あの時から……成長を止めてしまいました」

「…………!!」

「でも……心はちゃんと成長してたんです……」

今度はルゥが、涙に潤んだ悲痛な瞳を、リョハンに向ける。

「数年前……私は、父を殺そうとしました……私の人生をボロボロにした父を……許せなかったんです」

「……………」

「でも……失敗して、刑務所に入れられました……」

リョハンは、ようやく理解した――ルゥの焼き印が、その時に押されたことを。

（まさか……一番の大罪とされる、親殺しの未遂だったとは……！）

「せんせぃ……」

「……なんだ……？」

ルゥは、顔色を失った彼に、まっすぐな言葉で伝えた。

「……好きです……」

「ル、ルゥ……！」

衝撃が、リョハンの胸を貫いた。

身体が熱くなるほどの、激情。胸が破裂しそうなほどの、鼓動。

彼の身体が、そして心が、ルゥを求めていた。

しかし――素直に欲求に応《こた》えることが、なぜかできない。

「こんなことを……言える立場じゃないのは理解しているつもりでした……傷だらけの、

こんなに汚い身体を、せんせぃに見せちゃいけないのも……分かっています。でも……」

肩をわななかせ、涙を頬《ほお》に伝わせながら、ルゥは言葉を続ける。

「……夢を、見たいです……束《つか》の間《ま》の夢を……一度だけ、ウソでもかまわないんです……見させてください……せんせぃに愛してもらえる夢を……」

震えを必死に押さえ続ける、小さな身体。

その身体が背負ってきたものは、とても大きく、そして重く――。

「ルゥ……」

不意に、リョハンは黙ってルゥを抱き上げ、そのまま自分のベッドに横たえた。

「ぁ……」

どこか嬉しそうなルゥの声。しかし、それはリョハンにとって、あまりにも切なく――。

「……今夜はここで寝ておけ。そばにいてやるから……」

彼は告げた。真相を知ってしまった今――すぐにルゥを抱くことは、できなかった。

(今ここで抱いたら……単なる慰めで終わってしまう……)

しかし、彼の言葉に、ルゥは哀《かな》しげに目を見開いた。

「せんせぃ……抱いてください……それとも……汚れた身体はイヤです……かぁ……」

涙に濡れた瞳が、リョハンを映す。

その瞳は――これから彼が全てをかけて癒《いや》すべき、傷ついたルゥの心の投影だった。

「……今日は眠るんだ、ルゥ」

「……私は……」

「大丈夫……」

リョハンは、ルゥの柔らかな髪をかき上げ、小さな額にそっと唇を寄せた。

「オレも、ルゥのこと、好きだから……」

「…………」

——ルゥは、これまで一度も笑顔を見せなかった。

思えばそれは、彼女が笑顔を失ってしまったからなのだ。

ただの性格だろう——そんなことを思っていた自分が馬鹿《ばか》だった。

ゆっくりでいい。これからは、小さな幸せを少しずつ重ねて、大きな幸せにしてやりたい。そして、笑顔を取り戻してあげたい。

——誓いを立てるリョハンは、気付かなかった。

ルゥが、何かに耐えるようにシーツをつかんでいることを——。

翌朝——床に座り込み、ベッドにひじをつくような形で眠っていたリョハンは、鳥の鳴き声で目を覚ました。

「ルゥ……」

彼はすぐ、自分に想いをぶつけてきてくれた少女の名を呼ぶ。

しかし。

「……ルゥ？」

ベッドの中に、既にルゥの姿はなかった。

慌てて、シーツを手で触れてみる。

「……冷たい……まさか！」

妙な胸騒ぎを覚えたリョハンは、急いでルゥの部屋に向かう。

そして、机の上に、彼宛の手紙を見つけた。

綴《つづ》られていた言葉は、ただ一言。


『ごめんなさい』

第7章　ルウ

辺りは炎に包まれていた。

生家の資材が、音を立てながら燃えていた。

むせ返るような熱い空気が肌を焼き、立ちこめる煙が身体中を蝕《むしば》んだ。

どこで自分は間違ってしまったのだろう——ふと、そんなことも考えた。

「ひ、ひぃぃぃぃっ!! た……助けてくれ!!」

腰を抜かした男が命乞《いのちご》いをする。

ガタガタと身体を震わせて、怯《おび》えた目を向ける。

(私より、大きな身体と、強い力……それなのに……)

「も、もう、むか……昔のことだから、な?」

大きな身体に似合わない、猫撫《ねこな》で声。

「俺も、あの時のことは全然恨んでないし、だから、お、お前ももう忘れてくれよ、な?」

「忘れることができれば……どれだけ楽でしょう……」

——ルゥは冷たい視線で、実の父親を刺し貫いた。

(この男を見ていても、よみがえるのは嫌な記憶ばかり……)

——泣き叫ぶ自分を、無理矢理ベッドに引っ張っていく男たち。

そのかたわらで、いやらしい顔をして、お金を数えていた父。

どんなに呼んでも、父は答えてくれなかった——そして、助けてくれなかった——。

実の父から与えられたのは、屈辱と痛み——そして絶望。
温もりを感じたことはない。
頭を撫でてもらったことはない。
まっすぐ見つめてくれたことすらない——。
そんな男に、ルゥは手に持った短刀を向けた。
５年前に続いて、２度目のことだった。
１度目は、ルゥの方が泣いていた。短刀を持った自分に怯えていた。
(だけど……今は、違う)
父を追いつめるように、一歩前に足を出すルゥ。
「ひ、ひぃぃっ！」
すると父は、無様に尻餅《しりもち》をつきながら、床を這《は》いずり回った。
周囲を炎に包まれているのに、その顔は真っ青に怯えきっている。
しかし——ルゥはこの男のことを、可哀想だとは絶対に思わなかった。
なぜなら彼女は、この男に何ひとつ与えられなかったから。
優しさも——温もりも——安らぎも——。
「か、改心する！　だから、命だけは!!」
「大丈夫です。お母さんが待ってますから……」

「ま、真面目に仕事して、これから変わるから！　な？　な⁉」

「……人は、簡単には変われないです……」

冥界《めいかい》の使者のような、圧倒的な諦観《ていかん》を含んだ口調で、ルゥは父親に言い渡す。

「私の焼き印もなくなりませんし……またこうして、お父さんの前に短刀を持って立っているのですから……そして、何ひとつ変わることなく、全てが終わります……」

「ひぃいいっ‼」

床に手をついたまま、犬のように逃げ出す父。

ルゥは黙って〝火〟の呪符《じゅふ》を施行し、炎の竜を部屋中に放つ。

当然ながら、部屋を取り囲む炎は、さらに勢いを増した。

（もう、逃げ場はない……この人も、私も……）

ルゥは静かに、父の姿を見た。

そして――それ以外の何物も見ていなかった。

（後は、待つだけでいい……その時が来るのを……）

「こ、このままじゃ、お前も死ぬぞ！　ルゥ！」

「……大丈夫です……これは、お父さんを逃がさないための炎ですから……」

手を揉《も》み絞るように訴える父に、ルゥは静かに伝える。

「でも、安心してください……私も、お父さんを殺してから後を追います」

「んなッ!?」

「向こうの世界では……家族みんなで仲良くしましょう……お母さんもいますから、きっと大丈夫ですよね……」

「……うぅっ、頼む……助けてくれ……」

「……ダメです……」

彼女は短刀の重さを確かめるように、柄の部分をしっかりと握り直す。

父を殺すのに、符術や武術を使うつもりはなかった。

リョハンとの——最後の絆《きずな》だけは、汚したくないから。

「……できるだけ、痛くないようにしますから……」

「ひいっ」

「さよなら……」

恐怖に顔をゆがめる父に、ルゥは短刀を掲げ、短い別れの言葉を口にする。

父の顔が、恐怖に引きつる。

刀身が映す炎の赤が、血の赤に塗り替えられようとした——刹那《せつな》。

ガタッ——バァーン!

突然、炎で燃えている扉が吹き飛んだ。

「え？」

ルゥも父親も、扉の方を——そして、扉を吹き飛ばした男の姿を見た。

「……せんせぃ……」

ルゥは目を疑った。一目見ただけなのに、一瞬で涙がこぼれ落ちそうになる。

「遠いなぁ、お前の故郷は。ここを捜すのは、結構大変だったぞ？」

男は——リョハンは、いつもと同じ調子で話しかけてきた。

「……ど、どうしてここを……？」

「刑務所に忍び込んだり、看守を締め上げたり……ま、大事の前の小事ってヤツだな」

「……ダメですよ、導士がそんなことをしては……」

「それくらいは、大目に見てもらえるさ」

ルゥの正論に、リョハンはオーバーに肩をすくめて苦笑してみせる。

（やっぱり、来てくれた……！）

胸がいっぱいになるルゥ。

しかし——それを表現する術は、自ら放棄していた。

「そうですね……私がこれからすることに比べたら……大したことじゃありません」

彼女はそう呟《つぶや》いて、父を見る。

「ひ、ひぃっ！」

扉が開いたのをいいことに、父は床を這って、家から逃げ出した。その背中に向けて、短刀を投げつけるルゥ。しかし、短刀はリョハンが簡単に受け止める。

「……今なら、まだ間に合うぞ？」

穏やかな声で告げるリョハン。

ルゥは静かに首を振った。

「……無理です。もう、止まれないのです……父を殺して……全てを終わらせます」

「よせ、ルゥ」

リョハンの声は、さらに穏やかになった。

「どうしてもやると言うのなら……オレはそれなりの対処をするぞ」

「師匠として……ですか？　それとも導士として……？」

「……一人の男として……」

「…………」

悲しみに暮れた瞳《ひとみ》で、ルゥは彼の姿を見つめる。

（せんせぃ……私、不器用ですよね……）

そして、ついに炎の竜を放った。

「……どう言われようとも……私はもう止まれないです……」

リョハンは一歩も動くことなく、竜を片手で弾きながら問う。

「命を賭しても、か？」

「……はぃ……」

刹那――ふたりは次々に、呪符を施行した。

炎の竜がぶつかりあい、水柱や土の壁が眼前にそびえ立ち、間を縫ってカマイタチが飛び交う。

激しい攻防の中で――ルゥの小さな身体は、次第に傷ついていった。リョハンが矢継ぎ早に繰り出す符術を、完全には防ぎきれないのだ。

ふと――呪符を構えながら、リョハンが尋ねた。

「……お前を止めるには、どうすればいい？」

「……殺してください……生きていれば、必ず父を殺しますから……」

ためらうことなく、ルゥは告げる。

「だから、この世界から思い出と一緒に……何もかも消して、風に変えてください……」

「不器用な生き方をするヤツだな」

リョハンは、笑った。

とても哀《かな》しそうな——胸が痛くなる微笑《ほほえ》みだった。

そのような笑顔が、ルゥにはあまりにも切なかった。そして、つらかった。

しかし——涙は出なかった。

「……これで、終わりだ」

やがてリョハンは苦笑を収めると、構えていた呪符をルゥに向けた。

最初に生まれたのは、たおやかな水——。

緩やかにきらめく静かな水は次の瞬間、鋭い幾重もの刃に変わり、ルゥに殺到した。

もしかしたら、防ぐ手だてはあったかもしれない。

だが、ルゥは身体の力を抜き、静かに〝それ〟を待った——。

(優しさも……温もりも……安らぎも……全てせんせぃが与えてくれました)

(さようなら、つらかった日々……苦しい思い出……はかない想い)

(せんせぃ……もうひとつだけ、いただきますね……全てを断ち切ってくれる、〝死〟を)

「ルゥッ!!」

——突然、至近からの声が、ルゥの最後の思考を妨げた。

「……!?」

一瞬、彼女は何が起こったのか、理解できなかった。
目を開けると、リョハンの顔が目の前にあって、唇がふさがれていた。
それが口づけだと気付いた瞬間——ルゥの胸の中に溜《た》めていた想いが、弾けた。
「……言ったろ? オレも、ルゥのことが好きだって」
唇を離すと、リョハンは笑った。最後の微笑みだった。
(つ……せんせぃ……!)
ルゥの頬《ほお》を、止めどなく流れる涙が伝った。
もう離さない——彼女の腕をつかむ手から、リョハンの想いが伝わってくる。
(愛しています……私も、せんせぃのこと……)
燃えさかる炎の中で、ふたりは固く唇をかわした。
ルゥの胸が、リョハンで一杯に満たされていく。
辛苦に満ちた人生を歩んだ彼女が、最後にたどり着いた一瞬——そして永遠。
触れた唇が、熱い。燃えるように——熱い。
(愛しています……いつまでも……永遠に……)

——氷の刃が、二人の身体を大きくふたつに切断した。

エピローグ

静かに舞い落ちる細雪《ささめゆき》の中――街は色とりどりの電飾にかざられ、華やかな光を放っていた。

道を行き交う人々は、みんな顔をほころばせている。

笑顔があふれている。

幸せに笑う声が聞こえる。

そして、ルゥは――悩んでいた。

「チョコもおいしそうやし……でもあっちは、いちごがいっぱいあるし……ぅ～」

「はよ決めな、お夕飯までに間に合わへんよ」

母親にせかされながら、ルゥはウィンドウに並べられたケーキを前に、真剣な表情を作る。

「ぅ～……もうちょっとだけまって……う～ん」

「今日はお父さんも早く帰ってくるんやからね」

「うん、おとうさんはどんなケーキがすきやろか？」

「きっと、ルゥちゃんの好きなケーキが好きやで」

「ぅ～……」

ケーキをにらみつけるルゥの姿に苦笑しながら、母親はふと、尋ねてみた。

「そういえば、ルゥちゃん……サンタさんに、プレゼントのお願いしたんか？」

「うん、したよー」

「何にしたの？」

「まえのときとおなじ」

「また……？」

「うん、〝やさしさ〟とな、〝ぬくもり〟とな、〝やすらぎ〟がほしいの」

「まぁ……ホンマ、ルゥちゃんはおませさんやなぁ」

歳不相応な単語を並べるルゥに、母親はあきれる。

「じゃあ、今のルゥちゃんは、どれも持ってへんの？」

「ううん、そうやないの」

白い息を吐きながら、ルゥは頭をふるふると振って説明した。

「うーんと……はつこいの人が、みんなくれるねんて」

「ま、ルゥちゃん、好きな男の子がおるの？」

「うーん……あ、おかあさん、わたし、あのチョコレートケーキにするわー」

ようやく、買ってもらうケーキを決め、指をさすルゥ。

ところが——同じケーキを欲しがる声が、すぐそばで聞こえてきた。

「母さん、ボクあのチョコレートケーキがええよ」

「……え？」

「……ん？」

振り向くと、そこには男の子が、ルゥと同じような顔をして立っていた。

「すんません、お客はん。チョコレートケーキはもう、ひとつしか残っとらんすわー」

「あら、ルゥちゃんどないする？」

「リョハン、チョコレートケーキひとつしかないって。別のにする？」

頭上で、大人の会話が交わされる。

しかし——ルゥと、リョハンの耳には届かない。

「…………」

「…………」

「……ルゥちゃん？」

「リョハン……？」

母親たちが不思議そうに見つめる中、ふたりは口を開いた。

「……ボク、リョハン」

「……わたしはルゥ……」

「知ってる……」

「わたしも……知ってるよ」

「はじめて……あうよね？」

エピローグ

「うん、はじめてや」

——小さな幸せを願うふたりの、悲哀に満ちた物語。炎でその身を焦がしながら、永遠の恋を誓う——そんな昔話。

——ルゥも、リョハンも、そんな物語は覚えていない。

ただ、知っている。

物語の終わりを——そして、今から新しい物語が始まることを。


「……ねえ、なんでないとるの？」

「え？　うん……わかんないけど……ルゥちゃんがわらったかお、はじめて見たから」

「そりゃそーやわ、はじめて会《お》うたばっかりやのに……へんなの」

あとがき

この作品は島津にとって、20世紀最後の仕事にして21世紀最初の作品という、なんとなく縁起のいい（笑）1冊です。

さて、21世紀がやってきましたねぇ。本来なら、「とうとう」とか「いよいよ」とかいう言葉を付け加えたいものですが……最近は、毎年が「区切りの1年」という印象があって、なかなか難しいところです。

例えば、昨年は「ミレニアム」。来年だったら「ワールドカップ」。一昨年だと……やっぱり「恐怖の大王」でしょうか。あと、学生の方などは、受験や就職といった大イベントがある年が、問答無用で「区切りの1年」となるのでしょうね。

島津個人の区切りとしては……今年はいよいよ、年齢が大台に乗ってしまいます。自分ではまだまだ若造と思っているんですが、はたして世間のみなさんが許してくれるかどうか……（笑）。

最後に、原作ゲームメーカーのＲＡＭ様と、パラダイムの久保田様と川崎様、この本を買ってくださったみなさんに、お礼を申し上げます。ありがとうございました。

それでは、またお会いしましょう。

島津出水

恋ごころ

2001年3月10日 初版第1刷発行

著　者　島津 出水
原　作　RAM

発行人　久保田 裕
発行所　株式会社パラダイム
〒166-0011 東京都杉並区梅里2-40-19
ワールドビル202
TEL03-5306-6921 FAX03-5306-6923

装　丁　林 雅之
印　刷　図書印刷株式会社

乱丁・落丁はお取り替えいたします。
定価はカバーに表示してあります。

既刊ラインナップ

定価 各860円+税

1 悪夢 ～青い果実の散花～ 原作:スタジオメビウス
2 脅迫 原作:アイル
3 痕 ～きずあと～ 原作:リーフ
4 慾 ～むさぼり～ 原作:May-Be SOFT TRUSE
5 黒の断章 原作:Abogado Powers
6 淫従の堕天使 原作:DISCOVERY
7 Esの方程式 原作:Abogado Powers
8 歪み 原作:May-Be SOFT TRUSE
9 悪夢 第二章 原作:スタジオメビウス
10 瑠璃色の雪 原作:アイル
11 官能教習 原作:テトラテック
12 復讐 原作:クラウド
13 淫Days 原作:ルナーソフト
14 お兄ちゃんへ 原作:ギルティ
15 緊縛の館 原作:XYZ
16 密猟区 原作:ZERO
17 淫内感染 原作:ジックス
18 月光獣 原作:ブルーゲイル
19 告白 原作:ギルティ
20 Xchange 原作:クラウド
21 虜2 原作:ディーオー
22 飼 原作:13cm
23 迷子の気持ち 原作:フォスター
24 ナチュラル ～身も心も～ 原作:フェアリーテール
25 放課後はフィアンセ 原作:スィートバジル
26 骸 ～メスを狙う顎～ 原作:SAGA PLANETS
27 朧月都市 原作:GODDESSレーベル
28 Shift! 原作:Trush
29 いまじねいしょんLOVE 原作:U・Me SOFT
30 ナチュラル ～アナザーストーリー～ 原作:フェアリーテール
31 キミにSteady 原作:ディーオー
32 ディヴァイデッド 原作:シーズウェア
33 紅い瞳のセラフ 原作:Bishop
34 MIND 原作:まんぼうSOFT
35 錬金術の娘 原作:BLACK PACKAGE
36 凌辱 ～好きですか?～ 原作:アイル
37 My dearアレながおじさん 原作:ブルーゲイル
38 狂*師 ～ねらわれた制服～ 原作:クラウド
39 UP! 原作:メイビーソフト
40 魔薬 原作:FLADY
41 臨界点 原作:スィートバジル
42 絶望 ～青い果実の散花～ 原作:スタジオメビウス
43 美しき獲物たちの学園 明日菜編 原作:ミンク
44 淫内感染 ～真夜中のナースコール～ 原作:ジックス
45 My Girl 原作:Jam
46 面会謝絶 原作:シリウス
47 偽善 原作:ダブルクロス
48 美しき獲物たちの学園 由利香編 原作:ミンク
49 せ・ん・せ・い 原作:ディーオー
50 sonnet～心かさねて～ 原作:ブルーゲイル
51 リトルMyメイド 原作:スィートバジル
52 flowers～ココロノハナ～ 原作:CRAFTWORKside-b
53 サナトリウム 原作:ジックス
54 はるあきふゆにないじかん 原作:トラヴュランス

〈パラダイムノベルス新刊予定〉

☆話題の作品がぞくぞく登場！

109.特別授業

ビショップ　原作

深町薫　著

　厳格なお嬢様学校に美術講師として赴任した主人公。加虐的な性格をしている彼の真の目的は、少女たちの青い肉体だった！

111.星空ぷらねっと

ディーオー　原作

島津出水　著

　正樹は宇宙開発に携わる母親の影響で、幼い頃から宇宙飛行士を目指していた。だが事故により、その希望を失ってしまう…。

113.奴隷市場

ruf　原作

菅沼恭司　著

　キャシアスは親友のファルコに「奴隷市場」に連れていかれる。戸惑う彼に店の主人は、選りすぐりの3人の美少女を勧めるが…。